www.tredition.de

AF198118

Ella ist eine begabte und hübsche junge Frau, die an einer renommierten Akademie eine Ausbildung zur Tänzerin macht. Scheinbar müssten ihr alle Wege offen stehen. Doch ihre Kindheit ist geprägt durch Heimaufenthalte, die Trennung von ihrem geliebten Bruder Adrian und dem anschließenden Aufwachsen bei einer Pflegefamilie. Ella erlebt deshalb tiefsitzende Ängste, die sie nicht versteht und die ihren Alltag schwer belasten. Obwohl sie versucht die Gespenster der Vergangenheit beiseite zu schieben, kann sie sich nicht von ihnen befreien.

Als plötzlich mehrere Morde in Ellas Umfeld geschehen, verliert sie langsam die Verknüpfung zur echten Welt und hat einen Zusammenbruch. Die mysteriöse Heloise Arrière aus der Akademie wird für sie zu einer Mentorin, die ihr hilft gegen das Grauen ihrer Gefühle anzugehen. Doch die neue Freiheit hat einen Preis. Alles deutet darauf hin, dass Heloise eine Hexe ist und Ellas verschollener Bruder Adrian zurückgekehrt ist.

Oder ist es vielmehr so, dass die Realität schon immer eine ganz andere war, als Ella dachte?

"Levana - Göttin des Todes" ist ein fieberndes Trauma, das sich herkömmlicher Logik und Identifikation entzieht. Als Verbeugung vor der Geschichte des surrealen Horrorfilms versucht die Erzählung verworren und kryptisch neue Wege ins dunkle Labyrinth der menschlichen Vorstellungskraft zu finden.

Ashley T. R. wurde 1999 in einer Hütte im Schwarzwald geboren. Mit dem Necronomicon unter dem Arm machte Ash Reisen in die Untiefen der Zeit, wo die Schrecken des unendlichen Universums warteten. In hellen Nächten schreibt Ash Filmreviews auf *schnittberichte.com*.

The Real Ash

Levana - Göttin des Todes

Roman

www.tredition.de

© 2017 B. (A.) S.

Photos: © Thomas Wilsdorf / image-of-you.de

Model: Magdalena Raß

Zitate (S. 7, von oben nach unten):
David Lynch, Angelo Badalamenti: "Sycamore Trees", auf: *Twin Peaks. Fire Walk With Me. Original Score.* Warner Brothers Records, Death Waltz Records, 2016.
Jacques Tourneur: *Night of the Demon*, GB 1957, DVD, *Der Fluch des Dämonen*, Columbia Pictures International, Anolis Entertainment, 2015.
Dario Argento: *Suspiria*, IT 1977, DVD, Checkerboard Media – Videa, Eightyfour Entertainment, 2014.
H.P. Lovecraft. "Cthulhus Ruf." In: *Horror Stories. Das Beste vom Meister des Unheimlichen.* Frankfurt am Main: Suhrkamp 2015. S. 13-48; hier: S. 36

Verlag: tredition GmbH, Hamburg

ISBN
Hardcover: ISBN 978-3-7439-3372-9
Paperback: ISBN 978-3-7439-3371-2
e-Book: ISBN 978-3-7439-3373-6

Printed in Germany

Das Werk, einschließlich seiner Teile, ist urheberrechtlich geschützt. Jede Verwertung ist ohne Zustimmung des Verlages und des Autors unzulässig. Dies gilt insbesondere für die elektronische oder sonstige Vervielfältigung, Übersetzung, Verbreitung und öffentliche Zugänglichmachung.

"I'll see you in the trees."

David Lynch, Angelo Badalamenti

"It's in the trees. It's coming!"

Jacques Tourneur, Charles Bennett, Hal E. Chester

"But… what does it mean to be a witch?"

Daria Nicolodi, Dario Argento

"Cthulhu fhtagn, Cthulhu fhtagn."

H. P. Lovecraft

o

Levana, Mutter des Todes, mein Traum ist ein Traum von einem Haus. Ein Geisterhaus, ein Spukhaus, ich weiß es nicht. Vielleicht ein Kartenhaus, nicht stark genug, um zu bestehen. Levana, ich fühle dich, du bist in mir, fließt durch mich hindurch, ich mich in dich hinein, Mutter, Göttin, erlöse mich.

Mein Traum ist schwer und dunkel. Eine Eiswüste breitet sich in alle Himmelsrichtungen aus. Sturm und Schneeböen. Kein sicheres Umfeld für ein Lebewesen, einen Menschen, nicht sicher. Mein Gesicht habe ich vermummt. Der graue Bus ist eingeschneit. Der Motor tut es schon lange nicht mehr. Es geht nicht voran. Das Eis, das ewige Eis, der Schnee frisst alles auf.

Wenigstens muss ich nicht verdursten. Es ist kalt, eisig kalt, Eiszapfen, frisches Eis, klirrende Kälte. Der Pelz schützt mich nur grob, die Kleidung nur noch eine Hülle zwischen mir und dem Tod. Endlich habe ich es geschafft, nach langer Arbeit, den Bus freizuräumen, den Kofferraum zu öffnen und einen der Schlitten notdürftig zu bepacken, inklusive mir, eine Ration Essen für drei bis vier Tage, Getränke fallen weg, eine Taschenlampe, Ersatzakkus, ein Funkgerät. Dazu noch eine Decke und nichts weiter.

Ich gehe los, ziehe den Schlitten hinter mir her, durch, hindurch durch den Sturm. Ich laufe im Schnee, wie durch das Rauschen eines Bildschirms, durchs Dickicht eines Textes. Ich schiebe mich regelrecht durch die dynamische Mauer aus Schnee, bin in ihr und lasse mich von ihr fast mitnehmen, wenn ich nicht auf meine Richtung achte. Würde selbst verdeckt, zuerst ein kleiner Haufen auf dem Boden, bald aber längst vergessen, tot unter dem Schnee.

Doch ich komme weiter. Levana, heilige Mutter, warum hast du mich verlassen? Komm, nimm mich zu dir. Was ist nach der Katastrophe? Warum kommst du nicht zu mir? Der Bus ist längst hinter mir. Dann sehe ich Schemen. Schwarze Schemen in der Luft. Sie schweben. Lang sind manche, manche nicht. Aber sie verschwinden. Ein Fahrzeug in der Ferne. Ich kann es sehen. Ich nähere mich, mühsam, erkenne Licht. Ein Unimog steht vor mir, darin die noch frische Leiche eines Mannes, man kann noch die Wärme in ihm sehen, die ihm zusehends entweicht. Es gibt keine Zweifel. Er ist tot.

Ich ziehe den Mann aus dem Führerhaus, lege ihn auf eine Anhöhe, umwickle ihn mit einer der Decken und lasse ihn zuschneien. Ein weißes Grab. Leider gibt es keine Essensvorräte, aber Batterien und ein paar Werkzeuge. Ich esse eine kleine Portion, während ich im Führerhaus sitze und denke kurz nach. Ich habe schon lange nicht mehr über mich nachgedacht. Zu sehr hat mich das Überleben gefordert.

Ich erinnere mich an ein Leben, während ich so dasitze und meinen Atem beobachte, erinnere mich an Schokoladeneis an einem heißen Sommertag, an ein Theater und einen Film. Auch ein Schwimmbad taucht auf. Während ich so grüble, drehe ich den Schlüssel im Zündschloss und welch Glück, der Motor läuft.

o)

Ein kalter Traum. Ich liege wach in meinem Bett. Schweiß und Angst, aber ich bin wieder in der Realität. Nichts passiert. Langsam schlummere ich wieder. Der Traum ist sicher. Alles nur ein Traum. Levana. Mutter. Ich sehe dich, kann mich an dich erinnern. Dein Gesicht, faltig und alt, aber schön und tief, tief, tief, tief. Dein weißes Haar, streng gebunden, dein Blick wie ein Berg. Klar und scharf. Hoch und steil. Bin ich erwachsen oder wieder ein Kind. Doch wenn ich wieder ein Kind wäre, dann wäre ich erwachsen. Ich weiß es nicht. Das Kindsein ist noch so tief in mir. Es ist alles gar nicht so lange her.

Die Zeit, die Zeit, der Metzger Zeit, hält hoch sein Schwert und schlägt und treibt. So lange ist das her. Ich war ein junges Mädchen. Oder sagt man ein kleines Mädchen. Die Schulbücher waren schwer, das Schulgebäude so groß, so labyrinthisch. Die Schule war die Welt. Das Tor zur Welt. Ich fühlte mich verloren, irrte durch die Gänge. Wieder war ich da, in meiner Erinnerung, in meinem Traum. Ich hatte mein weißes Sommerkleid an, mit den Sonnenblumen, die ich so liebte.

Ein großes Mädchen war ich, ja, so fühlte ich mich. Eine Schultüte hatte ich glaube auch in der Hand. Die hohen runden Decken und all die Verzierungen im Schulgebäude beeindruckten mich. Ich dachte, so müsste es für Mutter und Vater sein, wenn sie arbeiteten. So wäre es in der großen Welt. Das Büro. Die Fabrik. Die Autobahn. Das Gymnasium. Große Schwestern, große Brüder. Und so weiter.

Jetzt wohnte ich also wieder in dieser Stadt, in der ich geboren wurde. Ich war ja ein großes Mädchen. Die Kindheit war vorüber. Ich lief durch die Gänge, die Schultüte war schon angebrochen, ich hatte mir schon ein paar Schokonüsse stibitzt. Die langen Hallen und die hohen Türen, die geschwungenen Ränder, Bilder mit Gruppen, Bilder mit Männern, ein paar Nonnen auf den Gängen, die immer den Zeigefinger zum Mund führten, lautlos, gutmütig nickten, doch keine weitere Regung zeigten.

Nun gut, manche lächelten, andere aber schauten grimmig, angsteinflößend. Diese langen Gänge, diese Kälte in den Räumen, der Hall jeden Schrittes, selbst meiner kleinen Schühchen. Ich konnte mich nicht verstecken. Das stand fest. Es dauerte nicht lange bis mich eine der Nonnen in das Zimmer zerrte.

Wieder ein See, wieder ein Traum. Nachdenklich spaziere ich durch den Sand. Ich trage mein langes schwarzes Sommerkleid, bleibe stehen, spüre die Gischt zwischen meinen Zehen, stütze die Hände in die Hüften und schaue aufs Meer. Mein Haar wird mir ins Gesicht geblasen, ich kann ein paar Strähnen in meinen Mund nehmen und daran kauen, wie ich das als Kind so gern gemacht habe. Es riecht gut nach Meer. Meer. Die Wellen sind ruhig, aber stetig. Ein Boot fährt in einiger Entfernung. Ich sehe aber keinen darin.

Ich spüre, dass ich träume, fühle mich aber gut, sehr weiblich, sehr entspannt. Ja, ich kann sagen, dass ich mich glücklich fühle. Ich habe etwas hinter mir gelassen und schaue in eine sich langsam entwickelnde Zukunft, wie ein Polaroid, das sich entwickelt, aber gleichzeitig verblasst. Darin bin ich ambivalent. Ich selbst stehe in diesem Prozess.

Das Meer ist aus vielen Blättern, die hin und herwogen, alte Fotos, Filme aus dem Zwanzigsten Jahrhundert. Doch dann sehe ich, wie sich das Boot nähert. Jemand befindet sich darin, ich kann es deutlich sehen, er scheint nicht tot. Je näher das Boot kommt, desto besser kann ich ihn erkennen. Es ist mein Bruder, da liegt er, er atmet. Ich steige ins Meer, gehe unter, schwimme voran, treibe und werde von einem ungeheuerlichen Sog hinabgezogen, bis ich auf etwas lande, etwas das fest ist und von dem ich weiß, dass es sicher ist. Vielleicht.

o))

Die Tanzstunden sind vorüber. Ich habe frei und möchte weg. Aber ich werde verfolgt, ich spüre es. Da ist jemand, der mich hasst, der mich will, mich sucht. Ich habe Angst um mein Leben. Ich fühle sie direkt, die Lebensbedrohung. Was also anderes tun, als mich klein machen, mich zurückhalten und schweigen. Und wenn reden, dann abwägen, was mein Gegenüber hören möchte.

Ich laufe zu dem Haus in dem ich wohne. Ich mag diese Stadt, ich wollte immer hier wohnen, wollte immer in dieser grüngrauen Hölle zwischen Beton und Holz sein. Die Hochhäuser, zwischen denen sich alte Zeugen einer anderen Zeit finden, Geschichte und Gegenwart, Vergangenheit und Zukunft. Alles zusammen, alles vereint. Die Straßen sind voll und ich gehe in der Menge unter.

Doch trotzdem oder noch immer fühle ich mich verfolgt. Ist es in mir? Ich drehe mich um und sehe viele Menschen. Niemand scheint besondere Notiz von mir zu nehmen, auch wenn ich bemerkt werde. Meine Schritte werden etwas schneller, doch kaum spürbar. Ich versuche meine Geschwindigkeit kaum merklich zu steigern, überhole den Einen oder die Andere.

Das Haus, in dem ich wohne ist in greifbarer Nähe. Ich sehe es, sehe die Balkons, die hängenden Gärten, die Runddächer und Säulen. Ich wohne gern dort, auch wenn es nicht gerade die beste Gegend ist. Man geht sich dort aus dem Weg. Man kennt sich und versucht sich zu ignorieren. Viel zu viele Menschen, um Kontakt herzustellen. Höchstens der Hausmeister mit seiner Frau im Erdgeschoss sind bekannt. Sie werden kurz gegrüßt, manchmal ein Nicken, manchmal ein Wort.

Ich bin im Haus. Niemand da, kein Hausmeister und auch keine Hausmeisterin. Die Lichter sind mal wieder ausgefallen. Ein paar flackern noch, das Übliche. Der Lift ist ebenfalls mal wieder außer Betrieb. Schon seit heute Morgen. Wie lange das wohl wieder dauert, hoffentlich bald. Vorsichtig gehe ich die Treppen hoch, immer noch mit dem Gefühl des Beobachtetwerdens belastet, ganz tief. Es sitzt mir im Nacken, hält mich fest.

Ich nehme zwei Stufen auf einmal, versuche auch mal drei, ohne Erfolg, es ist zu anstrengend. Vierter Stock, noch fünf. Immer weiter hebe ich mich, versuche an Höhe zu gewinnen. Natürlich höre ich Stimmen. Die Türen sind dünn. Fernsehstimmen. Familienstimmen. Kinderlärm. Erwachsenenlärm. Nichts Ungewöhnliches. Unheimliches. Natürlich höre ich Schritte. Sowohl drinnen als auch draußen auf den Fluren. Doch ich sehe niemanden. Auch auf der Treppe höre ich Stimmen.

Ich beginne nun noch etwas schneller die Treppen hoch zu hasten. Bald bin ich da. Ich erschrecke. Im siebten Stock steht ein alter Rollstuhl vor dem Treppenaufgang, verlassen und allein. Keine Ahnung weshalb. Ich drücke mich daran vorbei, ohne ihn zu berühren. Es ekelt mich. Ich höre jetzt deutlich Schritte auf der Treppe hinter mir, die mir folgen, die abbrechen, wenn ich stehenbleibe. Ich habe Angst.

Ich renne. Immer zwei Stufen auf einmal. Es ist anstrengend. Mein Herz schlägt. Achter Stock. Endlich der neunte. Gleich habe ich es geschafft. Ich sprinte mit aller Kraft zum Ende des Flurs, habe meine Schlüssel griffbereit seit dem sechsten Stock in der Hand, den passenden Schlüssel wie einen Stift zwischen Daumen, Zeige- und Mittelfinger, um schnell zu sein, ihn hineinzustecken, umzudrehen und sofort durch die Tür zu verschwinden.

Der Schlüssel steckt. Da steht jemand am hinteren Ende des Flurs. Ich kann es sehen. Er wird mich aber nicht kriegen. Ich reiße die Türe auf, bin sofort drinnen, in Sicherheit. Aber da steht er. Drinnen. Ein kaltes Stück Eisen sticht in meine Brust. Mehrfach. Ich merke meinen Schreck erst jetzt. Es tut nicht mal weh. Bald ist es aus.

o)))

Wieder träume ich, liege in meinem Bett, im Traum, am See, im Bett, im Traum. Ich schwitze. Etwas ist hier. Da ist eine Präsenz, die mich verfolgt, Levana, bitte hilf mir, ich komme nicht heraus aus mir. Ich habe Angst in der Dunkelheit. Die Rolläden sind oben, doch draußen zerfrisst sich die Nacht im Nebel. Selbst die Vorhänge tragen Trauer. Mein Bett quietscht. Ich versuche so still wie möglich zu liegen. Doch ich schwitze immer mehr.

Mein Herz wird schneller und lauter. Es ist wie Popcorn, das man im Kino isst. Man weiß, dass es niemand hört und doch hat man ein schlechtes Gefühl. Oder man hat dieses Gefühl, weil man es doch hört. Ich bin mir unsicher. Ich versuche langsam zu atmen. Mein Herz schlägt pochpochpoch. Beruhig dich, sage ich mir, beruhig dich, mein Herz, es ist alles gut.

Wieder quietscht das Bett, obwohl ich ganz still liege. So still kann man gar nicht liegen. Ganz fest presse ich meine Augen zu, bis die Dunkelheit von Energieblitzen in mir erhellt wird. Immer fester drücke ich, drücke meine Augen mit meinen Liedern, bis Erinnerungen kommen, Bilder einer längst vergangenen Zeit, als ich noch nicht hier wohnte, als ich noch nicht in dieser grandiosen Stadt war und noch nicht tanzte, sondern immer nur hoffte und träumte und irgendwie versuchte hinauszukommen, aus diesem

Gefängnis als das mir mein Leben schien, weg von dieser Familie, allein oder vielleicht zu zweit, jedenfalls weg von hier, weg von meiner Mutter, von diesem Vater und meinem Bruder, obwohl ich ihn doch so liebte. Adrian.

Ich hielt es einfach nicht mehr aus. Obwohl mich auch so einiges dort gehalten hatte, war mir die Brust doch zu eng. Auch die Stunden mit Nana, die mir die Karten legte, reichten nicht mehr. Ich fühlte nur eins. Ich wollte nicht so enden, wie das, was ich war. Ich wollte mich verwandeln, transformieren, tanzen und mich zeigen. Zeigen, dass ich existierte, jemand war, nicht nichts, wie ich es überall nur spürte, wertvoll und nicht wertlos. Eine Frau, die etwas kann, die sich verwirklicht und herauskommt aus dem Sumpf, der mich immer tiefer hinabzog.

Ich liebte Nana. Sie war anders. Ihre tiefen blauen Augen. Die Iris. Das tiefe Gesicht. Ihr graues Haar. Ihre sanfte und leicht kratzige Stimme. Wenn ich sie nicht gehabt hätte, wüsste ich nicht, wo ich wäre. Aber wo bin ich? Sie hat mich ermutigt. Sie hatte meine Not gespürt und zu mir gesagt, geh raus. Tu etwas. Geh raus in die Welt.

„Aber entscheiden musst du, mein Kind," hatte sie gesagt, „entscheiden musst du."

Dann legte sie mir die Karten. Sie legte die Chance. Und sie erschien vor mir. Da lag sie, *die Gerechtigkeit*, mit ihrer Sauermiene, das Schwert in der einen, die Waage in der anderen Hand. Ein gutes Zeichen, dachte ich mir, es fängt gut an.

Dann legte Nana die zweite Karte. Da lag er nun, *der Papst*, das, was mir erspart werden würde, das Zepter des Allbestimmenden, die wogenden Stoffe mit umwundenen und hilfeflehenden Händen, die nicht hinaus gingen, nicht selbst waren, sondern immer nur nach ihm flehten.

Nein, das wollte ich nicht.

„Die nächste Karte, Nana," sagte ich, „mach weiter."

Nana legte die nächste Karte, die mir das offenbarte, was in meiner eigenen Entscheidung liegen könnte. Und da lag sie, *die Sonne.*

Ich lachte kurz laut. Nana, lächelte mich an. Doch was sagten schon die Karten?

„Ich sage es noch einmal, mein Kind," sagte Nana, „es ist nur deine Entscheidung, die Karten weisen dir nur den Weg."

„Ich weiß," sagte ich, „mach weiter. Es muss sein."

Karte Nummer Vier. *Der Kaiser.* Ich verstand es nicht. Was könnte ich tun? Ich wusste nicht weiter. Was sollte ich tun? Was konnte ich?

„Was heißt das," fragte ich, „ich verstehe es nicht."

„Der Kaiser," sagte Nana, „das bist du, du und dein Talent. Das, was in dir ist. Auch wenn du es noch nicht weißt."

Ich dachte nach. Vielleicht stimmte es, vielleicht konnte auch ich beweisen, dass etwas in mir schlummerte, dass ich etwas wert war, jemand sein könnte, etwas besonders gut konnte. Ein Talent haben. Glücklich sein.

Nana legte die nächste Karte, das, was ich nicht bestimmen könnte, das, was auf mich zukommen würde. *Der Wagen.* Zwei Pferde, zwei Schulterklappen und ein voranfahrender Wagen, nicht ins Ungewisse, sondern auf etwas zu. Ja, ich hatte einen Weg. Ich wollte mich entscheiden. Jetzt war ich überzeugt. Ja, es war meine Entscheidung. Nur ich konnte und musste mich entscheiden. Alles würde gut.

„Leg die letzte Karte," sagte ich.

Nana sah mich lange an und atmete ganz leise. Das machte sie immer, wenn ich aufgewühlt war. Sie wartete einfach ab bis ich mich beruhigte. Doch ich wollte mich nicht beruhigen. Ich war voller Tatendrang.

„Los," schrie ich fast, „leg die letzte Karte. Ich werde mich entscheiden. Ich werde es tun, Nana. Niemand wird mich zurückhalten. Nicht einmal der Teufel!"

Nana legte die letzte Karte, die mir das zeigen würde, was einst wäre. Ich selbst. *Die Päpstin*. Es war nicht gerade ein Aufschrei des Glücks. *Die Päpstin*. Keine *Kraft*, keine *Kaiserin*, keine *Welt*. Mir hätte ja schon der *Alchimist* gereicht. *Die Liebe* war meine Hoffnung.

„Egal," sagte ich, „Nana, ich entscheide mich, ich gehe weg. Komme, was da wolle. Es ist meine Entscheidung."

Mein Traum stürzte zusammen. Sein Bild verschwand. Wieder lag ich im Bett, schweißgebadet, die Hände in die Matratze gekrallt, schwer atmend, voller Angst hinter meiner Brust, voller Zerstörung. Doch die Zeit hatte sich geändert. War sie vorbei? War all das nur eine Erzählung, die ich überlebt hatte? War ich gar nicht in der Gegenwart?

Wieder fraß mich die Nacht, wieder presste ich meine Augen zusammen, wieder kamen die Blitze. Ich versuchte den Schnee zu erinnern, den Sturm und den Toten. Versuchte zu erzwingen, dass ich in den Traum zurückkehre, in den Unimog, um weg zu kommen, um durch den Schnee weiter zu kommen, wohin auch immer, nur weg.

Wieder quietschte das Bett. Ich spürte etwas an meinen Füßen. Es kribbelte. Ich bekam öfter ein Kribbeln, wenn ich mich fürchtete. Ich traute mich nicht. Langsam öffnete ich meine Augen zu ganz kleinen Schlitzen. Die Nacht drang taghell in mich ein. Es war nicht mehr finster. Ich konnte im Dunkeln sehen. Ich bekam Mut, setze mich vorsichtig auf und sah hinab.

Dann sah ich die Maske. Er kniete an meinem Bettende und beobachtete mich. Ich tat keinen Mucks. Nach einer Weile stand er auf. Groß und mächtig. Ich schrie. Ich schrie. Ich wand mich. Schlug um mich. Doch mein Schreien erstarb in der Nacht.

o))))

Ich laufe durch die Straßen. Niemand ist hier. Jetzt bin ich ganz allein. Es ist regnerisch. Die Mauern und Zäune lasse ich an mir vorbeiziehen. Ich mag es, wenn etwas an mir vorbeizieht, lasse meinen Blick aus dem Feld laufen, versuche die Gebäude anders wahrzunehmen, ganz nebenbei, Kleinigkeiten aufzunehmen, die dem wachen Blick sonst entfallen.

Ich komme endlich in der Akademie an, fühle mich ein bisschen wie in die Schule zurückversetzt, das Backsteingebäude meiner Kindheit. Nur hier ist alles viel größer, schöner, ausladend-einladender Jugendstil, futuristisch-antik. Bestien und Heilige zwischen den Formen, Mädchen und Jungen, Männer und Frauen.

Innen angekommen lasse ich mich immer versinken in dem Schwimmbadblau des Atriums, den kleinen Mosaikplättchen einer vielversprechenden Erzählung der Zukunft, die damals noch als Hoffnung schien, heute schon untergegangen scheint. Wie Atlantis. Ein versunkener Schatz. Oder doch nicht?

Die Säulen lassen mich träumen. Ich gehe gerne zwischen ihnen wie durch ein Labyrinth, halte mich fest an ihnen, lehne mich an sie, spüre ihren kühlen Kern. Ich lasse meinen Blick an die Decken schweifen, blicke in die Lampen und Leuchter wie in künstliche Sonnen, die mich ansehen, mich kennen. Vielleicht lebe ich in ihnen, denke ich mir manchmal, Levana, vielleicht bin ich du, vielleicht sind wir beide eins, zusammen auf dem Weg zu etwas, das wir noch nicht kennen, zum Traum, meinen Wünschen und der Hoffnung, alles hinter mir lassen zu können, außer mir selbst, das, was ich bin, was ich an mir immer schon mochte, immer als richtig empfunden habe, vielleicht.

Auch das Mosaik der Böden lässt mich aufgehen in diesem Schiff, in dem ich mich nun befinde, wo ich meine Ausbildung mache, ich, der ich immer davon geträumt hatte, zu tanzen, endlich angekommen, endlich auf dem Weg, mich frei lassen kann. Nana hatte mich ermutigt. Sonst hätte ich es nicht tun können. Sie war es, die an mich geglaubt hat, jetzt, da sie tot ist, scheint sie noch immer an mich zu denken.

Weiter schwebe ich fast durchs Gebäude, gehe immer weiter, Stock um Stock, gehe die Treppen hoch, erkunde jedes Stockwerk, auch wenn sie oft gleich scheinen, so sind sie doch anders. Ich liebe es durch die hohen Fenster zu sehen, mich zu drehen und zu wenden, ins hochsteigende Treppenhaus zu gelangen und mich fast im Schwindel gen Boden zu drehen, mit der Gefahr hinabzufallen, zu fliegen und am Mosaik des Erdgeschosses mit meinem Kopf zu zerschellen, das Hirn herausgetrieben, Schädelsplitter und Blut, meinen noch zuckenden Körper gebrochen und verdreht, wiederum heraussteigend, wie eine Spirale mit meiner Seele, mich selbst von oben betrachtend, durch die Mauern der Akademie zu fließen, wie ein Gespenst.

Dann würde ich die anderen heimlich beobachten, ihnen vielleicht einmal einen Streich spielen, ins Schwimmbad gleiten, unter Wasser treiben, herauskommen und an einem See sein. Wälder und Moos. Luft und Licht. Am Ufer säßen sie dann. Auf mich wartend. Im Schneidersitz. Die vermummten Gestalten in Gold. Ihre Kapuzen tief ins Gesicht gezogen, so, dass nur schwarze Löcher zu sehen wären, in denen ich mich verlieren könnte.

Ich möchte hinein in dich, Levana, steige in dich, um endlich frei zu sein, endlich alles hinter mir lassen zu können. Du nimmst mich an der Hand, ich setze mich zu dir. Wir betrachten den See. Etwas bewegt sich. Ein Stein wurde vielleicht ins Wasser geworfen. Nein, ein Fisch scheint an die Oberfläche zu wollen, um etwas zu essen oder Luft zu schnappen. Fester nimmst du mich bei der Hand.

Da steigt etwas herauf. Jemand steigt aus dem Wasser und nähert sich. Eine schwarze Kugel kommt langsam hervor, nasse Haare, zwei Augen und eine knapp über dem Wasser verlaufende Nase. Ein fahles Gesicht. Schwarze Augen, unendlich wie der Tod. Immer näher. Ich habe Angst. Du bist weg.

Ich stehe nun allein am Ufer. Der Mann kommt näher. Ich sehe nun auch seinen Körper unter Wasser, wie er näher und näher schwimmt. Ich drehe mich um und verschwinde im Wald, stürze und falle hinab. Wieder ist alles aus. Der Film gerissen. Die Erzählung abgebrochen. Die Zeiten vertauscht.

o)))))

Doch ich komme zurück. Der Kopf schwimmt wieder im See. Er schwimmt von mir fort. Das Wasser kreist schwarz um ihn. Langsam sinkt er hinab, bis nur noch ein paar Kreise zeigen, dass etwas über der Oberfläche war. Leises Surren. Ein stetiges Blasen. Wind und Wasser.

Ich setze mich hin, erinnere mich an diesen Ort. Erinnere den See. Den Traum. Oder war es doch ein Schwimmbad und kein See? Ich erinnere meine Kindheit. Meinen Bruder. Wir sind durch die Wälder gelaufen, haben gespielt, gelacht, fast so etwas wie eine Kindheit gehabt. Glaube ich. Ich habe mich als Prinzessin verkleidet. Er war der verzauberte Prinz. Als Bettler kam er zu mir, ein buckeliges Männlein. Ich war weiß gekleidet, mit allerlei Plastikkettchen und Blümchen im Haar. Er hat sich mit alten Lumpen eingewickelt, so um mich geworben.

„Guten Tag, Prinzessin," sagte er, „darf ich um deine Hand bitten? Ich kann dir die Wunder des Waldes zeigen. Komm nur mit."

Und ich ging mit. Er führte mich durch den Wald, am kleinen Bächlein vorbei, ich spielte mit den Schlüsselblumen. Er zeigte mir den kleinen Überlauf, den Wasserfall, zwar klein, aber in unserer Vorstellung mächtig und bedrohlich. Dann standen wir auf der Brücke und sahen auf den großen Fluss. Es war doch real. Es war mein Prinzessinnenreich.

Irgendwann stolperte er, weil er so ungeschickt war, fiel ins Wasser, vor dem Wasserfall, wurde durch den Überlauf gespült. Ich hatte Angst.

„Bettelprinz, wo bist du?" rief ich.

Doch meine Angst war unbegründet. Am anderen Ende stieg er aus dem ruhigen Tümpel, jetzt völlig verwandelt. Jetzt war er der wirkliche Prinz. Ich sprang ihm entgegen.

„Mein Prinz!," rief ich.

Ich umarmte ihn und er gab mir einen Kuss. Wir würden heiraten, das war der Plan. Langsam liefen wir nach Hause, genossen jeden Augenblick, während seine Kleider wieder trocken wurden. Über die Wiese gingen wir, durch das Maisfeld, bis wir wieder dort waren, wo alles ganz anders war, dort, wo wir nicht sein konnten, jenseits unserer Fantasie, in der Realität, bei unserer Mutter und diesem Vater. Die Schlüsselblumen hatte ich verloren. Es wurde dunkel. Jenseits der Realität. Zurück in der Realität.

o))))))

Ein anstrengender Tag liegt hinter uns. Laura und ich sind erschöpft. Wir schlendern über die Straßen, quatschen, setzen uns in ein Café, trinken etwas, lachen und überlegen uns, wie es mal sein wird, wenn wir fertig sind, auf der Bühne stehen und glücklich sind. Aber natürlich sind wir schon glücklich. Ich liebe Laura. Sie hat eine unglaublich filigrane Art mit ihrem Körper umzugehen. Sie biegt und windet sich, als sei sie eine Tigerin, immer bereit loszuspringen und doch sanft und vorsichtig. Ihre Augen strahlen in hellem Grün, in dem ich gerne stundenlang versinken würde. Ihr Gesicht ist puppengleich und doch markant, schön und doch ungewöhnlich.

Oft nehmen wir uns an der Hand, wenn wir durch die Stadt bummeln. Ich habe Laura sehr gern. Wir sind fast schon richtige Freundinnen, auch wenn wir uns noch gar nicht so lange kennen. Sie vertraut mir alles an, ihre Vergangenheit, ihre Gegenwart und ihre Wünsche. Lauras Vater starb als sie sieben Jahre alt war. Das hatte sie bis ins Mark erschüttert. Ich verstehe das. Als einziges Kind ihrer Mutter, wurde sie nach dem Tod ihres Vaters von ihr noch härter rangenommen, was das Tanzen betraf. War ihr Vater noch ein Ventil für die Ansprüche ihrer Mutter, verlor sie von da an jegliche Grenze. Laura sprach von Schmerzen, die sie als Kind hatte, wenn sie im Bett lag, ihren Beinen, die nicht mehr zu ihr gehören zu schienen und doch in ihr

Innerstes hineinwuchsen, sie mit etwas ausfüllten, das sich nicht mehr anfühlte, als sei es sie selbst.

Einmal nachts, Laura übernachtete bei mir, erzählte sie mir davon. Ich hatte es nicht wirklich verstanden, aber ich mochte Laura so gern, dass ich so tat, als verstände ich sie. Wir hatten schon etwas getrunken und lagen auf dem Boden, hörten Musik und waren richtig entspannt.

„Weißt du, Ella," flüsterte Laura, „während ich die weiße Decke anschaue, muss ich an einen unendlichen Horizont denken. Manchmal habe ich Angst, dass es nicht mehr aufhört. Ich habe Angst, dass es kein Ende gibt. Hinter der Welt und im Universum. Wenn alles vorbei ist, da habe ich Angst, dass es eine unendliche Spirale gibt, die mich hinwegfegt und fortbläst in die Unendlichkeit. Wo nichts mehr ist. Ich kann das gar nicht beschreiben. Alles schwarz. Aber ich bin da. Ich kann doch nicht einfach weg sein, Ella. Meine Gedanken sind immer da. Und das ist dann auch so unglaublich. Dann denke ich, dass es auch anders sein könnte. Dass ich wirklich weg bin. Alles, was ich war, wäre weg. Alles wäre weg. Unendlichkeit. Dunkel und Tod. Nichts hätte je existiert. Das macht mir so eine Angst. Ich spüre mich dann ganz intensiv. Ich bin so schwer wie alle Sterne der Milchstraße. Ich fühle direkt diese Materie in mir. Sie zieht mich ins Nichts. Ella, ich fühle das oft, wenn ich allein bin. Ich habe dann Angst, dass ich... Es ist nicht der Tod, nein. Ich habe Angst, dass ich zerspringe."

Ich sah Laura an und konnte gar nicht verstehen, was sie meinte. Ich wollte aber trotzdem sagen, dass ich sie verstände. Damit sie sich gut fühlte. Dabei streichelte ich sie sanft und gab ihr einen Kuss. Sie lächelte mich unsicher an und schien gleichzeitig etwas entrückt.

„Ich verstehe das total, Laura," sagte ich, „ich fühle mich auch manchmal so. Ich bin auch sehr oft allein."

o)))))))

Am nächsten Tag war Laura tot. Erstochen. Einer ihrer Freunde fand sie in ihrer Wohnung. Aufgeschlitzt und sorgfältig in ihrem Bett drapiert. Sie war auf dem Nachhauseweg. Am Tag danach, als sie bei mir übernachtet hatte. Es war einfach so unglaublich schrecklich und unglaublich. Es gibt Dinge, die würde man einem nicht glauben, wenn man sie erzählt. Die sind viel schlimmer.

Der Mörder hatte ihr ein weißes Kleid angezogen und ihren Bauch aufgeschnitten, die Gedärme wie einen Blumenstrauß geordnet. Ich hatte in der Akademie davon erfahren. Es wurde noch allerlei anderes berichtet. Ob wahr oder falsch, konnte ich nicht sagen. Aber es war schrecklich. Natürlich war ich geschockt. Laura war meine Freundin, auch wenn ich sie noch nicht lange kannte.

Als ich an jenem Morgen in die Klasse kam, tuschelten und spekulierten die Mädchen schon. Alle kamen auf mich zugelaufen und klärten mich über Laura auf. Es war wie ein Wasserfall, der in mich eindrang. Laura? Tot? Ich konnte es gar nicht fassen. Ich hatte sie vor zwei Nächten doch noch gesehen, neben mir liegen, ihren Atem gehört, ihrer Stimme gelauscht, ihre Geschichte versucht zu verstehen. Und nun? Tot.

Es war alles wie in einem Film. Ich hörte den Mädchen zu, sah Bilder in mir aufkeimen von dem, was ich hörte, den Gedärmen, Lauras Gesicht, ihrem Körper und ihren Händen. Ich hatte die Fantasie von spätgotischer Malerei, von nackten Frauenkörpern, nur mit leichten Gazestoffen bedeckt. Nach einiger Zeit stellte ich mich etwas abseits und ging nach draußen. Ich konnte nicht mehr bei den anderen sein. An Training war sowieso nicht zu denken.

Ich ging auf die Straße. Es regnete. Meine Brille wurde nass. Ich lief wie durch Spiegel. Trübe Sicht. Ich wurde nass. Mein Haar hing mir ins Gesicht. Meine Schultern wurden nass. Dann mein BH. Ich ging immer weiter. Bald war ich vollkommen durchnässt, bis auf die Knochen, wie man so sagte. Meine Turnschuhe gaben ein sattes Schmatzen ab, bei jedem Schritt, den ich machte.

Es war viel Verkehr. Ein paar Mal ging ich über die Straße, huschte mal schneller, mal weniger schnell an den Autos vorüber, vor ihnen vorbei oder hinter ihnen rum. Es wurde dunkel. Die Scheinwerfer tauchten den Regen und die leichte Gischt in ein buntes Licht. Die Reklametafeln und Beschriftungen der Läden taten ihr Übriges. Regenschirme und nasse Mäntel drückten sich an mir vorbei, oder vielleicht ließ ich mich auch von ihnen wegdrücken, wollte von ihnen berührt werden, um zu wissen, dass ich existierte.

Laura. Es konnte doch nicht sein, dass sie nicht mehr da war. Einfach verschwunden. Tot. Das hätte ich sein können, dachte ich. Wieso nicht. Es konnte jedem passieren. Das Leben konnte vom einen auf den anderen Moment vorbei sein. Alle Träume zerplatzt. Alles Geschaffte vergangen. Alle Pläne verpufft. Tot. Aus. Micky Maus.

o)))))))

In der Nacht habe ich wieder geträumt. Ich habe mich selbst gesehen, wie ich von der Arbeit nach Hause gegangen bin, immer mit dem Gefühl, verfolgt zu werden. Vielmehr aber wusste ich, ganz tief innen, dass ich tatsächlich verfolgt wurde. Ein Schatten war hinter mir. Ich konnte ihn sehen. Er sah mich an. Auch ich wurde schneller. Ich wollte zu Laura nach Hause. Sie wohnte im Traum bei mir. Wir lebten zusammen. Meine Füße aber wollten mich nicht mehr tragen. Ich konnte sie nicht mehr heben. Also legte ich mich hin.

Ich hob meinen Kopf langsam und sah ihn anhalten. Er stand nur da, die Arme hingen schwer zu Boden, die Schultern waren gesenkt. Sein Gesicht konnte ich nicht richtig erkennen. War es eine Maske? Es war zu dunkel. Auch seine Kleidung war undeutlich. Wahrscheinlich hatte er eine Jeans an. Jedenfalls keine Jacke. Eher einen Kapuzenpulli. Vielleicht war es das. Vielleicht hatte er auch einen Kapuzenpulli über den Kopf gezogen und deshalb konnte ich sein Gesicht so schwer erkennen. Auch wenn ich seine Augen sehen konnte. Da leuchtete jedenfalls etwas hinter der Dunkelheit. Es mussten seine Augen sein. Langsam stand ich wieder auf. Dann drehte ich mich wieder zu ihm um. Er war verschwunden.

Der Traum änderte sich. Ich sah Laura tot am Eingang liegen. Die Tür war offen. Eine Blutlache breitete sich über die weißen Fliesen aus. Ihre Arme waren verrenkt, wahrscheinlich gebrochen. Aus ihrem Mund floss Blut. Literweise. Ihr Hals war aufgeschnitten und es pulsierte noch leicht, auch wenn sie tot war. Oder lebte sie? Sie öffnete die Augen, die sich verdrehten. Es war kein Blick mehr, sondern ein Schweifen in die Leere, wenn es so etwas geben sollte. Ganz weit weg. Weg. Für immer.

Ich schloss die Tür und stieg über Laura, um einen Putzeimer und einen Lappen zu holen. So konnte das doch nicht bleiben, dachte ich. Ich leerte eine ganze Flasche Spülmittel in den Eimer und füllte heißes Wasser hinein. Dann brachte ich es zu Laura. Die war mittlerweile an die Wand gelehnt, ihr Kopf hing wie eine faulige Melone auf die Brust. Das weiße Kleid war ebenfalls blutgetränkt. Ihr

Körper röchelte oder blubberte. Schaum stieg daraus hervor. Wie Brause oder Säure. Jedenfalls war es nicht still.

Ich zog Laura ins Bad. Ihre Locken klebten fest zusammen, ihre schönen Locken, dachte ich. Ich hievte sie ins Bad und duschte sie ab. Das Wasser in der Wanne färbte sich hellrot. Es war, als würde ich einen Schwamm auswaschen. Oder einen Pinsel. Das Kleid wurde nun heller, wenn auch nicht mehr weiß, so passte es sich doch einem gleichmäßigen Batikrosa an. Ihre Locken hingen schwer über ihre Schultern. Ihre Augen sahen in verschiedene Richtungen.

Ich schloss Laura die Lider, streichelte sanft über ihre Wangen, die ganz heiß waren. Dann wurde es schwarz. Ich schrie. War die Glühbirne kaputt? Aber nein, die ganze Wohnung war dunkel. Jemand musste noch hier sein. Ich hörte jemanden atmen. Wieder schrie ich.

„Ist da wer?"

„Hallo!"

„Ich rufe die Polizei!"

„Ich habe eine Waffe!"

Niemand antwortete. Ich tastete in der Wanne nach Laura, um mich zu vergewissern, dass ich nicht träumte. Eine Hand fasste mich. Es war Laura. Langsam konnte ich in der Dunkelheit etwas sehen. Laura stand auf, packte mich und biss mich ins Gesicht.

o)))))))))

Mit den Händen fest in die Matratze gekrallt wachte ich auf. Ich fragte mich, ob ich jemals fähig wäre, jemanden zu töten. Ich könnte es nicht, beschloss ich. Schlaftrunken ging ich in die Küche, die Bilder meines Traums noch immer in mir. Ich versuchte sie sogar heraufzubeschwören, Lauras Körper in der Badewanne und dann dieses dunkle Gesicht. Dieses Gesicht im Dunkel. Ich hatte es auf der Straße gesehen. Am Tag zuvor. Ein Rest.

Immer weiter versuchte ich mich in die Traumbilder der letzten Nacht einzugraben, während ich an der Spüle lehnte und ein Glas Wasser trank. Den Wasserhahn hatte ich laufen lassen. Ich brauchte ein Geräusch, etwas Stetiges. Vielleicht versuchte ich mich damit auch zu hypnotisieren. Jedenfalls geschah nichts wirklich bewusst. Ich war wie besessen von dem Gesicht im Dunkel, versuchte mich daran zu erinnern, fügte Stück um Stück hinzu. Wer weiß, vielleicht erfand ich auch etwas, schuf mir selbst meinen eigenen Teufel.

Aber ich hatte ihn auf der Straße gesehen. Es war keine Frau. Es war ein Mann. Alle Männer waren Mörder. Er hatte eine schwarze Kapuze über dem Kopf. Keine weite Kapuze, sondern eine ganz normale, wie sie an Pullovern hängt. Alles an ihm schien aber schwarz. Seine Stirn war schwarz, bis knapp an die Augenlider. Seine Augen waren schwarz. Die gesamten Augenhöhlen waren von einem tiefen Schwarz ausgefüllt, aus dem nur ein paar dünne Schlitze vom Weiß der Augen undeutlich hervortraten, die sich wiederum im Schwarz der Pupillen neutralisierten.

Seine Nase konnte ich nicht sehen. Da war auch Weiß. Die Lippen waren ein schmaler Streifen Weiß, kaum sichtbar, ausdruckslos, vielleicht zusammengepresst, jedenfalls ohne Verstellung. Der Rest des Kopfes war wieder schwarz. Von den Lippen abwärts, seitwärts der Lippen, über das Kinn bis hinab zum Hals war alles ein undurchdringliches Schwarz. Ich hatte dieses Gesicht schon gesehen. Vielleicht hatte ich es auch erfunden, aber nein, es war da. Es hatte mich angestarrt. Im Traum und auf der Straße. Ich kannte es. Aber ich wusste nicht mehr woher. Da war so viel, das ich nicht mehr wusste.

Ich trank das Glas Wasser aus und stellte es in die Spüle. Den Wasserhahn ließ ich laufen, während ich durch die Dunkelheit auf die Couch zustolperte und mich schwer in sie fallen ließ. Durch das breite Fenster konnte ich den Himmel sehen. Der Mond war fast voll. Ich spürte meine Brüste und wurde erregt. Es war mir egal. Ich war nicht ganz bei Bewusstsein. Alle Gedanken, die vorher so schwer in mir staken, begannen zu weichen. Ich versuchte sie festzuhalten, wollte versuchen, zu verstehen, wie jemand in der Lage war, einen Menschen zu töten.

Ich versuchte mir Bilder vorzustellen, von Axtmördern, die schreienden Frauen den Stahl in den Kopf schlugen, die knöcherne Kruste spalteten, einen Riss durch die Welt schlugen, das Ende der Welt. Das gefrorene Meer. Aber immer mehr wich ich ab. Der Mond übte eine faszinierende Macht auf mich aus. Ich versuchte mir im Mond sein Gesicht vorzustellen, das Schwarz und Weiß, aber es wollte nicht bleiben. Der Mond wurde weiblich. Ich konnte nichts dagegen tun. Der Mond war eine Frau. Ich spürte meinen Körper, verspürte Lust, begann mich zu berühren, wurde berührt. Ich ließ es einfach geschehen.

Wieder wehrte ich mich gegen meine Kontrolllosigkeit, begann mir das Bild eines Mörders zu imaginieren, der mehrfach in den schwangeren Bauch einer jungen Frau einstach, immer wieder, versuchte mich zu fragen, ob er einen Grund hatte, einen bewussten Grund, vielleicht Eifersucht, vielleicht Geld. Vielleicht konnte man jemanden töten, wenn man einen guten Grund hatte, vielleicht war das möglich. Aber ich glitt immer tiefer in meinen Körper. Der Mond ließ mich nicht mehr los. Ich spürte jede Pore in mir, ließ alles los. Was kümmerten mich verrückte Mörder? Ich war frei. Ich wollte leben.

Erst jetzt merkte ich, dass ich nackt war. Völlig selbstsicher und ohne falsche Knoten in meinen Gedanken ging ich auf den Balkon. Ich ließ das Mondlicht an meine Haut. Ich spürte sie, diese Göttin, Levana, ich konnte dich spüren. Du warst da, in mir, ich liebe dich.

o)))))))))))

Wieder wachte ich auf. Es war morgen. Ich wunderte mich nicht, dass ich nackt im Bett lag. Es ging mir unglaublich gut. Ich fühlte mich so gut, wie lange nicht. Alles in und an mir war entspannt. Selbst mein Blick. Dieser Blick. Und erst jetzt bemerkte ich, dass er vor mir stand. Wieder sah ich diese Maske, tiefschwarze Augen, weiße Grundierung und Kinn und Stirn ebenfalls schwarz umkreist. Die Lippen mit einem schmalen Strich geweißt.

„Wer bist du?" fragte ich ganz langsam und vorsichtig.

Die Gestalt sagte nichts. Sie stand einfach da. Nicht einmal zu atmen schien sie. Mein Herz hingegen pochte ganz fest und schnell. Ich spürte jede Faser meines Körpers. Nein, ich wollte noch nicht sterben. Ich schloss einfach die Augen und begann zu zählen.

„1, 2, 3, 4, 5, ..."

Langsam öffnete ich die Augen, nur ein kleiner Schlitz, versuchte durch meine Lidgitter einen Blick zu erhaschen. Aber er stand noch da.

„6, 7, 8, 9, 10, ..."

Wieder öffnete ich meine Augen, dieses Mal machte ich sie weit auf. Ich sah ihn direkt an, versuchte auch seine

Augen zu fixieren. Ich versuchte in seine Augen zu gelangen, hinter das Schwarz, versuchte in ihn hineinzustechen, ihn dazu zu bewegen, das er verschwand. Ich stellte mir vor, wie er Laura erstach, stellte mir seinen Schatten an der Wand vor, Laura mit erschrockenem Gesichtsausdruck, unfähig noch etwas zu tun, handlungslos. Dann stach er zu. Laura spürte den Stahl in sich.

„11, 12, 13, ..."

Ich blickte ihn weiter an. Mein Blick sollte ihn erstechen. ein Blick. Er drang in ihn. Meine Pupillen schienen sich zu weiten. Mein Blick wurde ganz weit. Ein ganzes Panorama erschien vor mir. Jetzt konnte ich ihn sehen. Ich konnte seinen kaum vorhandenen Blick greifen und stach zu. Er konnte sehen, dass ich ihn sah, dass er gesehen wurde, kein unsichtbarer Geist, sondern ein Mensch.

Dann schrie er. Er schrie so laut, dass es mich bis ins Mark erschütterte. Doch ich gab nicht nach. Ich durchbohrte ihn weiter mit meinem Blick. Ich gab nicht auf. Er versuchte wieder zu seiner vorigen Stellung zu kommen, versuchte, wie es mir schien, wieder zu verschwinden. Aber es gelang ihm nicht. Ich hatte seinen Blick noch immer an der Leine, wie einen Köder an der Angel. Er konnte mir nicht mehr entkommen.

Jetzt erst sah ich es. Er war in Jenseits menschlicher Grenzen getreten. Niemand hatte ihn angesehen, seit langer Zeit, vielleicht noch nie. Eigentlich existierte er gar nicht, obwohl er da war. Ganz allein. Er schrie weiter und schlug seinen Kopf gegen die Wand, hämmerte mit dem Messer in die Wand. Metallisches Klirren, endlich Atmen.

„Verschwinde!" schrie ich ganz laut.

Auch er schrie, schrie immer wieder, immer lauter, begann sichtlich zu zittern, sich zu zwingen, etwas zu tun, sich zu wehren, wollte sich gegen meinen Blick stellen. Aber es gelang ihm nicht. Nun stand ich auf, bewegte mich langsam auf ihn zu. In mir zündete eine Explosion. Mein Blut schien zu kochen.

Das Fenster sprang auf. Eine Windböe presste ins Zimmer. Er rannte auf mich zu, doch er konnte mich nicht ansehen, sprang ins Leere, stach ins Leere, fiel aufs Bett, stach ins Kopfkissen. Die Federn flogen durch die Luft. Mein Haar wurde in die Höhe geweht. Mein Nachthemd blähte sich wie ein Fallschirm, der mich in die Höhe zog, oder zumindest, der meinen Fall bremste. Immer weiter ging ich auf ihn zu, festen Blickes, scharf wie ein Rasiermesser.

Er rannte gegen den Sturm an, zog sich zum Fenster und sprang aus dem Fenster. Der Sturm ebbte ab. Ich wurde wieder klar im Kopf, oder war ich nicht klar im Kopf? So klar wie vorhin war ich nie. Ich spürte wieder einen Bewusstseinszustand, den ich kannte. Was war mit mir geschehen? Vielleicht hatte ich wieder geträumt. Aber nein, es war real. Ich war real. Ich hatte etwas gespürt, das ich nicht kannte. Da war etwas, das in mir war, ich war. Ich. Ich schaute das Fenster hinab. Er war nicht da. Nichts war zu sehen. Aber ich war noch da. Ja, ich. Mein Blick.

o)))))))))))

Ich wusste, dass ich schlief. Wieder sah ich ihn. Seine Augen waren weiße Höhlen. Er sah bedrohlich aus. Aber ich wusste, dass ich schlief. Im Schlaf konnte man nicht sterben. Zumindest nicht ermordet werden. Wenn einen jemand tötete, während man schlief, so war das möglich. Aber ohne äußere Bedrohung in den Ländern und Zeitreisen des Traums zu sterben war schlicht unmöglich. Außer man erschrak so sehr über die eigenen Abgründe, dass das Herz aufhörte zu schlagen. Das war möglich. Doch ich war mir sicher.

Er tigerte um mich in einigem Abstand herum. Seine Maske ängstigte mich nicht. Denn ich wusste, dass ich schlief. Mir fiel ein, dass meine Großmutter einmal sagte, als ihr Mann starb, dass er im Schlaf gestorben sei und welch Glück es doch sei, im Schlaf zu sterben, einfach einzuschlafen, wie sie sagte.

„So ein schöner Sommertag," sagte sie, „mach das Fenster auf, damit er hinaus kann."

Als Kind fand ich das seltsam und doch konnte ich lange Zeit nicht einschlafen. Meine Mutter musste mir unzählige Geschichten erzählen, bis ich es nicht mehr unter Kontrolle hatte, nicht mehr bei Bewusstsein war und quasi einfach eingeschlafen wurde.

Doch alleine im Bett zu liegen, in der Dunkelheit, bei geschlossenen Augen und nichts zu tun, nur auf die bedrohliche Stille zu hören, war mir unmöglich. Ich würde lügen, wenn ich sage, dass es mir heute leichter fällt.

Langsam näherte er sich, pirschte sich an wie ein Tiger, geschmeidig und plump zugleich. Sein Körper war nicht der eines Menschen. Er schien nicht von dieser Welt zu sein, unkategorisierbar, galaktisch. Aber ich blieb ruhig. Wie gesagt, der Schlaf war mein Beschützer. Ich wusste, dass ich schlief, wusste, dass ich in einem inneren Körperland war, das zwar ständig in Bewegung war, doch aber mir gehörte, ich war und in dem ich mich auskannte.

Also ließ ich es einfach geschehen. Er warf mich auf den Boden, würgte mich lange, stach mir das Messer einige Male in den Bauch, in die Scheide, meinen Mund und stöhnte aufdringlich und erregt. Es machte mir nichts aus.

Denn ich schlief ja. Das sagte ich mir immer wieder. Wie ein Mantra.

Bald wurde mir doch ein wenig übel. Warum musste ich mich die ganze Zeit versichern, dass ich schlief? Warum floh ich nicht einfach? Warum ließ ich das mit mir tun? Warum tat er mir das an?

Die Szenerie änderte sich. Ich befand mich nun in einem riesigen Saal. Gotisches Gemäuer war um mich, hohe Decken, ein offenes Dach, durch das der Mond und die Sterne schienen. Schneeflocken fielen in leichtem Wind herab. Ich sah ihn hinter einem Torbogen stehen. Das Messer war in seiner linken Hand. Nun ergriff ich die Flucht. Ich wollte fliehen, musste es. Ich wollte mich nicht länger ergeben.

Eines wusste ich, obwohl ich doch träumte. Oder weil ich träumte. Ich musste hoch. Also rannte ich die gewundene Treppe hinauf. Er folgte mir. Er schien eine unbändige Kraft zu haben. Jenseits des Menschlichen. Hinter mir war kein Mensch. Es war ein Es. Jenseits der Erde. Der Welt. Jenseits unseres Sonnensystems. Die Galaxien. Die Angst.

Und doch war mir seine Gestalt vertraut. Ich stolperte, schlug mit dem rechten Knie hart auf die steinerne Treppenkante. Es blutete. Das Messer verfehlte mich nur knapp, da er hastig und ungeschickt aus noch zu weiter Entfernung zustach. Ja, er war ungeschickt. Was für ein Glück. Das Klirren des Stahls im Stein klang weit in den Saal, wurde in einer unwiderruflichen Spirale ins Universum gezogen. Ich wurde mitgenommen, begann zu fallen, oder zu steigen, zu fallen und zu steigen zugleich.

Wieder änderte sich die Szenerie. Nun hatte ich das Messer in der Hand. Ein Kind lag in einer Wiege und schlief. Ich wusste, dass das Kind von mir war. Ich wusste, dass er der Vater war. Ich wusste, dass ich es töten musste. Ich musste es töten. Es gab kein Zurück. All meine Probleme würden sich lösen, wenn ich das Kind tötete. Das Kind töten. Dann würde alles gut.

Aber ich wusste auch, dass es falsch war. Dieses kleine Gesichtchen schlummerte friedlich und schutzlos. Ebenfalls träumend. Welche Phantasien auch immer. Ein kleiner Mensch lag vor mir, unfähig allein zu leben. Aber es musste sein. Dieses Kind hatte keine Zukunft. Er würde es mir nehmen. Wenn er es nicht schon getan hatte. Er würde dieses Kind in die Hölle führen. Dahin, wo es kein Zurück gab.

Erst jetzt bemerkte ich, dass ich er war. Oder er ich? Mein eigenes Ich. Oder mein Körper. Ich schwebte in einem gespensterweißen Kleid in den Raum, stellte mich über die Wiege und starrte mich selbst an. Mein Blick. Unendlich. Es waren meine Augen, die mich anblickten, ich, der ich nicht Ich war, sondern Es oder er, oder was auch immer. Ihre Augen durchbohrten mich. Oder meine Augen. Ich kannte sie ja nur aus dem Spiegel. Levana. Hatte noch nie in meine Augen sehen können, wie in diesem Moment.

In diesen Augen war eine Kraft, die mich zurückhielt, mich zu Boden zwang, mir innerliche Schmerzen zufügte, wie Rasiermesser im Gaumen, meinen Eingeweiden, den Nasenflügeln und schließlich meinen eigenen Augen. Ich fühlte mich verbrennen, fühlte wie ich verrückt wurde. Wahnsinn. Raserei. Ich musste es beenden. Ich musste dieses Kind töten. Mit aller Kraft hob ich das Messer in die Höhe, umklammerte es wie einen Anker.

Der Raum brannte. Mein Ich schwebte über der Krippe mit wehendem Haar, wehendem Kleid und irisierender

Aura. Der Blick. Das Kind war nun in diesem Bannkreis. War ich es? Irgendetwas entschloss sich. Auch wenn es falsch war. Dieses Kind durfte nicht leben. Es war verhext. Auch wenn ich wusste, dass ich nicht er war, war doch ich es, die das Messer in die Wiege senkte.

Ich stach zu. Wieder und wieder. Blut quoll aus der Wiege, wurde zu einem Teich, stieg an, überfüllte die Wiege, tropfte herab. Das Blut färbte sich weiß. Das Blut wurde Milch. Die Wiege fiel. Auch ich ließ mich fallen, während Levana in die Höhe entschwand.

Levana. Ja, jetzt wusste ich es. Es war sie. Nicht ich. Ich war wieder ich selbst. Nicht er. Ich träumte nicht mehr, sondern lag außer Atem neben meinem Bett. War aus meinem Bett gefallen. Das Fenster stand weit offen, obwohl ich es nicht geöffnet hatte, wie ich zu meinen glaubte. Es war kein Traum.

o))))))))))))

Nun war ich tatsächlich wach. Ich lag in meinem Bett und wusste, dass ich real war. Ich war wieder ich. Die Decke war feucht, aber die Matratze so bequem mit mir verbunden, dass ich mich noch einmal in meine Schlafposition einwickelte, wie ein Embryo in den Mutterleib. Wären die Träume nicht, wäre das Schlafen schön. Gerade das morgendliche Erwachen war etwas, das jenseits jeglicher Bedrohung lag.

Ich schlummerte vor mich hin und fand nun endlich Ruhe. Die Bilder der Traumnacht zogen unscharf an mir vorbei und kamen mir nun lächerlich vor. Sie versprühten keine Furcht mehr. Alles war nur ein Traum. Nach einiger Zeit stand ich auf, wackelte ins Bad, machte mich frisch und frühstückte. Während ich so am Küchentisch saß und einen heißen Tee trank, spürte ich aber die Angst wieder kommen. Wie ein Tausendfüßler kroch sie meine Wirbelsäule empor, war meine Wirbelsäule.

Die Sonne strahlte grell durch das Fenster und durchflutete die Küche mit tosendem und flackerndem Licht. Meine Augen verengten sich zu Schlitzen. Ich konnte das Licht nicht aushalten. Es schmerzte mich. Jede Pore meines Körpers begann zu beben. Jetzt spürte auch ich diese Schwere in mir. Eine unendliche Schwere. Materie und Nichts. Das Ende. Ein zusammenfallendes Universum. Mein Körper schien zu implodieren. Ich konnte dieses Gefühl nicht handhaben. Es wollte mich zerstören.

Langsam versuchte ich ein- und auszuatmen, langsam zu sein, mich nicht über den Abgrund zu begeben. Den Rand. Ich hatte Angst vor der Grenze, fürchtete, dass ich nie wieder zurückkommen würde, fürchtete, dass der Tod der unendliche Schmerz wäre, die Ewigkeit der Qual. Unwiederbringlich. Das Leben im Nichts. Das Nichts jenseits. Das Leben nur ein kurzer Fiebertraum. Es war immer schon das Nichts. Nichts.

Mich überfielen Schauer von Zittern. Langsam legte ich mich auf den Boden. Doch selbst der Boden vibrierte. Ich spürte jede Bewegung, spürte die Adern unter der Stadt, die U-Bahnen, die Straßennetze, die Kanalisation, die Bewegung der Hochhäuser, das Beben des Betons, den Zement, die Eisenkonstruktionen und -verdichtungen, Kathedralen aus Begehren, Hölle und Utopie, der ewige Wunsch gegen das Nichts anzugehen, zu existieren, Sinn zu finden, im allesverschlingenden Moloch des Unbeugsamen. Magma. Erdkern. Metall. Es gab keine Rettung.

Langsam stemmte ich mich gegen die Schwere meines Körpers, gegen die Schwere des Bodens, hob mich langsam hoch, torkelte zur Zwischentür, lehnte mich an, spürte das weiße Holz, ging immer weiter, wollte nach oben, nur nach oben, hinaus. Ich rannte aus der Wohnungstür ins Treppenhaus. Ich hatte noch immer mein Nachthemd an. Ich lief langsam die kalten Steintreppen empor, klammerte mich an die Kunststoffumrandung des Geländers, zog und hievte mich hoch, immer hoch. Ich musste es schaffen. Ich musste in den Dachboden. Dort würde ich zur Ruhe kommen.

Endlich gelangte ich zu der schweren Metalltür, öffnete sie und kam in den zugigen Dachstuhl. Bettlaken und große Tücher hingen dort auf den Wäscheleinen, wogten leicht hin und her, boten Schutz. Ich irrte durch dieses Labyrinth, blickte immer wieder zum Giebel, zu den Balken und Verkleidungen, zum Dach, das mich an ein Schiff erinnerte. Ein Schiff aus einer anderen Erinnerung, die nicht mir zu gehören schien, sondern jemand anderem, aus einer anderen Geschichte.

Ich kauerte mich in eine Ecke, verkroch mich schließlich unter ein ausgemustertes Eisenbett, auf dem eine alte Matratze lag, versteckte mich und schloss die Augen. Wie ein Kind. Der Holzboden war kühl, aber nicht kalt. Erinnerungen. Ich konnte mich etwas beruhigen. Bilder. Einige Zeit konnte ich so daliegen und an nichts denken, einfach meinem Atem folgen und meinen Körper wieder in Besitz nehmen. Es zumindest versuchen. Es würde schon wieder vorbei gehen.

Ich hörte Stimmen. Im Treppenhaus. Dann Schritte. Ich atmete ganz still. Niemand würde mich hier finden. Ich begann zu weinen. Wie ein Kind. Jetzt wusste ich, dass ich den Verstand verlor. Erinnerungen. Ich konnte das doch nicht zulassen. Bilder. Wenn man verrückt war, wusste man es doch nicht. Aber ich war doch noch immer in der Realität. Oder träumte ich?

Nun lag ich wirklich auf meinem Kinderbett. Ich war im Dachboden unserer Villa. Ich war ein kleines Mädchen. Unter meinem Bett lag ein Monster. Ich konnte es atmen hören. Ich konnte seine Anwesenheit spüren. Es wollte mich töten. Ich wusste es. Aber es tötete mich nicht. Es kam zu mir und quälte mich. Doch ich wusste, dass es mich irgendwann töten würde. Dann kam seine Hand auf die Matratze. Langsam kroch sie zu mir, tastete sich voran, alte knochige Finger, Hautfetzen hingen herab, Blut war zu sehen, es roch nach Eisen. Metall.

Ich begann zu schreien. Ich schrie so laut ich konnte in die Nacht oder den Morgen. Die Nacht. Der Morgen. Es war schon hell. Ich schrie und schrie. Wahrscheinlich schrie ich stundenlang. Mein Hals schmerzte. Ich war allein. Meine Augen waren verquollen von Tränen. Ich zitterte am ganzen Leib.

„Elli," sagte eine Stimme, „was ist mit dir?"

Es war Adrian, mein Bruder Adrian, der an meinem Bett saß und meine Hand hielt, sie sanft streichelte. Ich presste mich an ihn, ganz fest, um nicht verloren zu gehen. Er hielt mich fest, streichelte mein Haar.

„Alles wird gut, Ellie," sagte er, „es war nur ein Traum. Alles wird gut."

Doch ich wusste, dass nichts gut war.

o)))))))))))))

Früher schien mir manchmal vieles gut. Ich erinnere mich genau an die Zeiten mit Adrian, meine Kindheit. Adrian war vier Jahre älter als ich. Ein großer Bruder. Er hat mir vieles gezeigt. Wir waren immer unterwegs. Warum, das wusste ich damals noch nicht. Oder vielleicht habe ich es auch ausgeblendet, das konnte ich nur noch vermuten.

Ich war eigentlich ein unbekümmertes Mädchen. Jedenfalls wollte ich das sein. Das konnte auch sein. Adrian war mein großes Vorbild. Er war ein Beschützer. Er wusste und konnte alles. Stundenlang tigerten wird durch die Vorstadt. Er führte mich in stillgelegte Lagerhallen, die für uns ein einzigartiges Abenteuerland waren. Wir spielten dort mit einer Phantasie, die mich auch heute noch fesselt.

Wie gerne ginge ich zurück in die Geschichten und Spiele dieser Zeit. Alles war verbrannt. Die Fotos gab es nicht mehr. Es gab kein zurück in die Zeit. Zerstört. Wie gerne würde ich diese Gefühle aus meinem Körper herausbringen, sie nach Außen tragen, in meinen Bewegungen, meinem Tanzen. Das war mein Ziel, mein Antrieb.

Adrian und ich spielten immer die gleichen Rollen, oder Figuren, es war egal, wie man dazu sagen möchte. Wir waren es. Ohne uns groß etwas auszudenken, spielten wir. Adrian war der Pirat, ein Freibeuter, der sich von niemandem etwas sagen ließ. Er wehrte sich gegen jeden Angreifer, zerschlug alte Fenster und zerschnitt mit seinem Bowiemesser, das er von unserem Großvater geschenkt bekommen hatte, morsches Holz, ritzte Symbole in bröckligen Putz.

Wir richteten uns an diesen Orten ein, verwandelten sie in Landschaften unserer Vorstellungskraft, ganz so, wie wir es aus Bruchstücken von Geschichten zu kennen glaubten, Geschichten, die wir vielleicht erlebt hatten, in dem eigentlich wenigen, das wir doch an Lebenszeit erlebt hatten, Geschichten, die man so aufschnappte, weil sie überall durch die Luft flirrten. Überhaupt war es für mich immer so, dass Geschichten für mich die größte Kraft hatten.

Oft erzählte mir Adrian die Geschichten aus Horrorfilmen, die er heimlich gesehen, oder von denen er selbst nur gehört hatte. Er erzählte von Toten, von Verstümmelten, aufgeschnittenen Leichen, abgetrennten Gliedmaßen, von getöteten Kindern, Vergewaltigungen, Folterungen und vielem mehr. Ich hörte ihm zu, weil er schließlich mein Bruder war. Und ich war seine Assistentin. Immerhin nahm er mich ernst und spielte mit mir. Die anderen Kinder wollten mit uns nicht viel zu tun haben. Das machte mich oft traurig.

Wenn ich andere Mädchen sah, die mit ihren neuen Kleidern beieinanderstanden und lachten, tuschelten und sich neckten, wurde ich immer wütend. Doch Adrian konnte mich aus meinen traurigen Gedanken befreien. Wir zogen einfach weiter, zerstörten zerfallene Ruinen einfach noch mehr, freuten uns, wenn wir noch intakte Fenster fanden, um sie einzuschmeißen, oder Flaschen, die man an die Wand werfen konnte.

Adrian warf oft, wenn es regnete, Nacktschnecken an die Wände. Ich ekelte mich davor und fand es etwas fies. Aber es gefiel ihm. Das konnte er stundenlang machen. Ohne zu reden. Ich saß dann hinter ihm und summte irgendeine Melodie vor mich hin, irgendetwas aus dem Fernsehen, das mir gefallen hatte, versuchte mir schon damals vorzustellen, wie es war, wenn ich tanzen würde. Manchmal tanzte ich Adrian etwas vor, in einer kleinen Halle. Sie war meine Bühne. Ich sprang über Bretterstapel, warf oben auf kleinen Schutthügeln die Arme nach oben, einer Ballerina gleich, zumindest so, wie ich es mir vorstellte und drehte mich, bis mir schlecht wurde.

Adrian sah mir zwar zu, aber fesseln konnte ich ihn damit nicht. Er saß einfach da und stach mit seinem Messer in den Boden, bohrte und schlitzte.

Eines Abends zog Adrian mich aus dem Bett, spät in der Nacht. Ich hatte schon geschlafen und war in meinem weißen Nachthemdchen. Adrians Auge war aufgequollen. Er zitterte.

„Was hast du, Adrian?" fragte ich.

„Nichts, Elli, ich möchte raus," sagte er.

Ich wusste, dass er mich brauchte. Also ging ich mit. Wir schnappten unsere Schuhe und rannten durch die Straßen. Ich hatte mich nicht lange angezogen, aber rannte Adrian hinterher, so schnell ich konnte. Ich glaube, dass er weinte, aber ich konnte ihn nicht einholen. Bald schon kamen wir an den Bach. Adrian wurde langsamer. Ich konnte ihm aber immer noch nicht ins Gesicht sehen. Er drehte sich ständig weg.

Wir gingen über die Brücke und in den Wald. Es war Sommer. Die Grillen waren laut zu hören. Es summte und brummte. Den Wald hatte ich immer am liebsten. Adrian drehte sich endlich zu mir und ich sah sein Gesicht. Ich ging zu ihm und legte meine Arme um seinen zitternden Körper. Er umarmte mich und weinte lange.

Nach einer Weile schlenderten wir Hand in Hand ziellos durch den Wald. Adrian erzählte mir von seinen Wünschen. Er wollte gerne Pilot werden oder Kapitän. Vielleicht Polizist. Er wollte jedenfalls irgendetwas mit Krieg zu tun haben, wie er sagte. Er wollte mich beschützen und fand, dass es so viele gab, die man beschützen sollte. Er wollte das Böse auf der Welt bekämpfen, so sagte er, jeden, der sich uns in den Weg stellte, erschießen.

Ich weiß nicht wie lange wir gingen. Es war schön, wahrscheinlich mitten in der Nacht. Wir kamen immer tiefer in den Wald. Der Boden war mit weichem Moos bedeckt. Ich zog meine Schuhe aus und ging barfuß. Obwohl ich nur mein Nachthemdchen anhatte, fror ich gar nicht. Es war ein schönes Gefühl.

Adrian behielt seine Schuhe an. Bald sahen wir es leuchten. Wir näherten uns der kleinen Lichtung und trafen auf einen Schwarm Glühwürmchen. Ich hatte noch nie welche gesehen. Eines landete auf meinem Unterarm. Dann erlosch es.

„Schau, Adrian," sagte ich, „ich hab es kaputt gemacht."

„Nein, Elli," sagte er, „das hast du nicht."

„Hab ich es getötet?"

„Nein, Elli, das ist so. Wenn sie sich hinsetzen, dann hören sie auf zu leuchten. Ich glaube, damit schützen sie sich vor Angreifern."

„Ach so," sagte ich erstaunt und kicherte, „lustig."

Ich streckte meinen Arm weit nach vorne und ging auf den Schwarm zu. Sie schwirrten um mich, setzten sich auf meine Haut, erloschen, hoben wieder ab und leuchteten. Es war magisch. Ich fühlte mich wie eine Fee. Adrian blieb stehen und beobachte mich.

„Elli," sagte er.

„Ja," fragte ich.

„Ich werde nie zulassen, dass dir etwas passiert."

Ich war etwas verlegen und lächelte.

„Du bist lieb," sagte ich, „danke."

Ich tanzte wieder und bewegte mich leicht durch das feuchte Moos. Dann sah ich in den Büschen etwas hängen.

„Erdbeeren," rief ich.

Adrian kam nun zu mir und untersuchte den Baum. Er pflückte eine, nahm sie in den Mund. Er nickte und schob auch mir eine zwischen die Lippen. Sie schmeckten ganz süß und anders, als die, die ich sonst kannte. Es waren wilde Erdbeeren. Eine schöne Erinnerung. Eine Kindheit, die keine war und doch eine Erinnerung meiner Kindheit. So vieles war gelöscht. Aber das, ich würde es nicht mehr verlieren.

o)))))))))))))))

Wieder schwelgte ich in Erinnerungen. Die Zeit hat mich gefangen gehalten. Irgendetwas war passiert. Da war eine seltsame Melancholie, gepaart mit Nostalgie, die ich lange nicht mehr gefühlt hatte. Die ich vielleicht vergessen wollte. Vielleicht war dieser Zustand ein Gefühl, das ich gar nicht mehr kannte. Dessen Urheber ich gelöscht hatte. Wer wusste schon, wie es war, ein Kind zu sein, wenn man kein Kind mehr war. Die Übergänge waren fließend. Es kam nichts zurück. Die Zeit zerstörte alles.

Doch plötzlich kamen die Erinnerungen zurück. Ich wusste wieder genau, wie es war, als ich meinen ersten Schultag hatte. Wir waren umgezogen. Ich weiß nicht warum. Es war jedenfalls ein großer Schnitt für mich und meinen Bruder. Wir waren nicht mehr in der großen Villa, mit dem Wald und den Hügeln all umher, nein, wir kamen in die Stadt, die ja auch irgendwie spannend war und neu.

Ich lief mit Adrian ein Stück weit zur Schule. Er musste allerdings den Bus nehmen und verabschiedete sich von mir. Er wies mir den Weg und sagte mir, dass ich das schon schaffen würde. Es ging immer geradeaus. Es war nicht weit. Vielleicht einen halben Kilometer. Er zeigte auf das Schulgebäude am Ende der Straße. Da konnte nichts schief gehen, dachte ich mir und wollte ein großes Mädchen sein. Adrian umarmte mich und stieg in den Bus.

Mit meinem Schulranzen und klopfendem Herzen ging ich die breite Straße entlang, die beidseitig mit hohen Pappeln gesäumt war. Ich fand es schön. Ich hatte ein schwarzes Mäntelchen an und einen enggeknüpften Zopf. Ich summte ein bisschen vor mich her, versuchte mir vorzustellen, wie es in der Schule sei, das Lernen, von dem ich schon so viel gehört hatte. Das würde mir sicher Spaß machen, dachte ich mir damals.

Doch je näher ich kam, desto ängstlicher wurde ich. An mir gingen Mütter und Väter mit ihren Kindern vorbei. Sie strahlten, hielten schwere Schultüten umklammert. Das hohe Eisengitter der Schulmauer war bedrohlich. Schnell huschte ich in den Schulhof, wo es noch schlimmer war. Da fragten Kinder laut schreiend und lachend ihre Eltern Dinge, die ich mich nie getraut hätte zu fragen.

Ich bekam Bauchweh und spürte wohl das erste Mal, was Kopfschmerzen waren. Auf einmal kam dieses Gefühl über mich. Ich weiß nicht, was ich damals dachte. Es war ein Gefühl. Wahrscheinlich dachte ich nichts. Ich fühlte. Und ich wusste, dass es nichts Gutes war. Es war traurig.

Das hohe und beeindruckend majestätische Schulgebäude wirkte plötzlich so hoffnungslos. Vielleicht konnte man es so beschreiben. Es war eine allesumgreifende Hoffnungslosigkeit, die mich umfing und die ich nie mehr losbekommen konnte, die mich plötzlich befiel. Bald konnte ich Bilder und Dinge, Orte und Laute ausmachen, die mir jede Freude nahmen. Ich wollte es vermeiden, lenkte mich ab, dachte mir Fantasiewelten aus, die nichts mit der Realität zu tun hatten. Aber es funktionierte kaum. Nicht oft jedenfalls.

o)))))))))))))))

Bald war ich nicht mehr bei meinem Vater. Mutter wurde ebenfalls weggebracht. Ich und Adrian getrennt. Ich wusste nicht mehr genau, wie das alles damals verlief. Viel zu viele Bilder. Es war mir egal. Ich flüchtete mich in meine Phantasien. Manches musste man nicht mit sich herumtragen. So war das eben. Wichtig war damals nur, dass ich auf eine neue Schule musste, wo ich mich doch gerade in der alten zurecht gefunden und sogar Freunde hatte.

Die neue Schule war nicht ganz so groß. Ich lebte nun wieder in einer ländlichen Umgebung, wie früher. Das gefiel mir. Der Schulweg war besser. Ich summte oft vor mich hin, ganz gedankenverloren und war guter Laune. Zumindest wollte ich das sein. Die neuen Eltern, oder wer auch immer sie sein mochten, waren in Ordnung. Ich konnte mich nicht beschweren. Es passierte nichts mit ihnen. Sie waren nett zu mir und ich hatte ein großes Bett mit rosa Schleifchen und vielen Stofftieren. Es war alles ein bisschen zu viel. Wenn sie mich ins Bett gebracht hatten, legte ich die Tiere fein säuberlich eins nach dem anderen neben das Bett herum, wie eine Stofftierarmee, die niemanden an mein Bett heranlassen konnte, ebenso wie sie niemanden unter dem Bett hervorlassen konnten.

Zwar hatte ich anfangs Angst, dass jemand ein Messer durch die Matratze stechen konnte, doch fiel mir nach ein paar Wochen ein, dass ich auch ein Stofftier unter das Bett legen konnte. Es war ein etwas mürrischer brauner Bär, dem ich eine gute Verteidigung zutraute. Als er eines morgens bei den anderen Tieren wieder auf meinem Bett lag, befürchtete ich das Schlimmste, aber meine neue Mutter war nun mal sehr gründlich und so legte ich ihn eben Abend für Abend unter das Bett, platzierte die anderen

Stofftiere fein säuberlich, was so lange dauerte, dass ich tatsächlich endlich richtig gut schlafen konnte. Mein nächtliches Einschlafritual.

Am Morgen holte ich dann wieder alle Tiere aufs Bett, damit die neue Mutter und der neue Vater ihre Freude haben konnten. Ein kleines Mädchen und eine bunt zusammengewürfelte Stofftierarmee gegen der Schrecken des Universums. Ein Bild, wie es sich Eltern nur wünschen konnten. Sie meinten es ja gut. Das leuchtete mir schon ein.

Der Vater las mir am Abend vor, verabschiedete sich mit einem leichten Kuss auf meine Stirn, ohne dabei zu zärtlich zu werden. Wenn er noch einmal zu mir ins Zimmer sah, hatte er manchmal Tränen in den Augen. Ich weiß nicht warum. Er war wohl sehr emotional. Danach kam die Mutter. Sie sang mir etwas vor. Das war schön, auch wenn ihre Stimme etwas schrill und laut war. Der Wille zählte und ich lächelte gutwillig, auch wenn ich lieber alleine war. Sie sang traurig und musste wohl oft weinen, was sie mir nicht offen zeigte, ich aber manchmal sehen konnte, wenn die Augen rot waren und glasig. Vielleicht mochten sie mich ja doch nicht so sehr, dachte ich damals und reagierte immer weniger auf ihre Freundlichkeiten. Wer wusste schon, was mit solchen Menschen geschehen war.

Manchmal bekam ich Angst vor dem großen Kleiderschrank, in dem so viele Kleider für mich hingen, die ich alle gar nicht brauchte und meistens gar nicht anziehen wollte. Ich hatte nie mehr so viele Kleider, als zu dieser Zeit. Es war fast so, als hätte ich eine Vergangenheit, wäre schon viel länger dort, in diesem Zimmer, als ich es überhaupt war. Am liebsten war mir allerdings meine alte Jeans.

Die Schule war schrecklich. Da waren alle so nett. Zumindest meinten sie, dass sie nett wären. Aber in Wirklichkeit waren sie böse und grausam. Oft kam ich weinend nach Hause. Ich verstand die Kinder dort einfach nicht. Sie waren so fröhlich und nicht ehrlich. Man konnte ihnen nicht trauen. Sie hegten geheime Pläne aus, tuschelten untereinander und lebten in einer Welt der Täuschungen, um selbst die besten Vorteile für sich zu beanspruchen. Das war mir alles zu viel.

Meine neuen Eltern wollten mich zwar trösten, wenn ich weinend in meinem Bett lag, aber ich wollte ihren Trost nicht mehr. Ich wusste, dass die anderen Mädchen über mich lachten. Ich wusste, dass ich nicht normal war. Ich wusste, dass ich verflucht war. Außerdem vermisste ich Adrian. Mir fehlte etwas, ein Teil von mir, von dem ich nicht ganz genau wusste, was es war. Meist aber dachte ich, dass es nicht schlimmer sein könnte.

Bald redete niemand mehr mit mir. Es war schrecklich. Meine neuen Eltern verstummten mit den anderen. Es war eine große Verschwörung gegen mich. Ich war das Kind, das man hier aufgenommen hatte, dem man etwas Gutes tun wollte und das all diese Herrlichkeiten nicht annehmen wollte. Ich wurde als das böse und uneinsichtige Mädchen aus schlechtem Hause abgestempelt.

Dabei war ich doch zu niemandem böse. Ich benahm mich. Ich hatte schöne Zöpfe. Ich lächelte ohne Hintergedanken. Es war sehr seltsam. Wenn ich heute daran zurückdenke, fehlt mir jeder Griff in diese Zeit. Ein schwarzes Loch. Ich konnte nichts entdecken, das an mir falsch gewesen wäre. Und doch stürzte der Himmel auf mich ein. Levana?

o))))))))))))))))))

Ella befand sich wieder in der Tanzschule. Sie hatte mit Susie gerade ein paar Seiten aus dem Stück von Edward

Bond eingeübt. Sie hatten sich vorgenommen den Text zu tanzen, die Worte zu verwandeln, die Emotionen der Sätze in Bewegungen zu übersetzen. Doch irgendwie war Ella nicht bei der Sache. Sie konnte sich nicht in die Psyche der Frau aus dem Stück hineindenken. Auch die Epoche und das Land waren ihr zu weit entfernt und fremd.

Ella hatte schon früh Probleme mit ihrem Herkunftsland gehabt und wäre lieber woanders aufgewachsen, irgendwo, wo es exotisch war, unterhaltsam und gemeinschaftlich. Wo getanzt wurde. Wo man sang. Wo man abends am Meer war. Sich traf und fernab jeder Einsamkeit das Leben feierte. Bei der untergehenden Sonne wollte sie sitzen. Sich treiben lassen. Fröhliche Gesichter sehen, gezeichnet von der Arbeit des Tages, auf der Suche nach Entspannung und Bewegung. Ruhe, Liebe, Gemeinschaft.

Ella wusste, dass es das gab. Sie wusste, dass es das gab. Sie wusste es. Ganz bestimmt. Und dann bemerkte sie, dass sie plötzlich tanzte. Susie folgte ihr. Sie überließ sich ihren Emotionen und Gedanken. Sie folgte dem, was die beiden vorhin im Text gelesen hatten, konnte auf einmal die Frau sein, die sie plötzlich so faszinierte.

Federleicht tippelte Ella über den Boden. Susie arbeitete wie ein Roboter hinter ihr her, wurde schließlich aber auch sanfter, eigenständiger und flexibel. Sie sahen sich an, während sie durch den Raum tanzten, meist in Bewegung, manchmal still sitzend, starr stehend. Ausdruck. Ella konnte es spüren. Da war etwas, das in ihr war. Da war etwas, das außerhalb war. Jemand. Levana.

Sie ließ es zu. Sie ließ ihren Phantasien freien Lauf. Versuchte sich aus dem Raum auf eine Bühne zu denken. Es funktionierte. Einerseits wurde sie gelenkt, andererseits lenkte sie. Es war nicht einseitig, sondern eine Verbindung, die, wenn auch lose geknüpft, vorhanden war. Da war ein klarer Trennstrich, der, stürzte er in sich zusammen, die Dimensionen zum Beben bringen würde. Galaxien. Unendlich. Wenn die Mauer fiel, würde alles erscheinen, so wie es war: unendlich. Es gab keine dritte Wand mehr, der Schnürboden war der Wirbelsturm ins Land der Träume. Der Vorhang das Meer der Möglichkeiten.

Ella verließ die Bühne, flog empor. Sie sah hinab und sah einen schwarzen Block mitten auf der Bühne. Sie war allein. Susie war nicht mehr da. Hatte sie ihre Augen geschlossen oder schlief sie? Der Block vibrierte, stieß einen tiefen und einen hohen Ton zugleich aus. Er schien es zu sein, der sie emporhob. Sie drehte Kreise über den Zuschauerraum, flog wie Peter Pan in Spiralen in die Höhe. Kein Dach konnte sie aufhalten.

Ella flog in die Nacht. Ihr Körper drehte und wand sich in den Lüften. Es gab keinen Widerstand, nur den Halt der Luft. Das Gleiten und Heben, das Gleiten und Fallen. Die Bühne war eine riesige Arena. Levana war bei ihr. Ella verlor jeden Sinn für sich selbst. Sie war nicht mehr da. Jetzt war sie nur noch ein Blick, der über die Stadt zog. Eine Kamera. Ein Blick. Der Horizont blieb gleich. Er war ein Rand, der sich ins Nichts fortpflanzte.

Unten verlor sich die Stadt. Der Blick stieg durch eine Wolkenwand. Es war grau und dunkel. Lange Zeit durchschwebte die Entität dieses Feld. Fast unmerklich. Sekundenschnell. Es dämmerte. Langsam hoben sich die Wolken, lagen eine kurze Weile über der Szenerie. Nun senkte sich der Flug. Einzelne Wolken schüttelten sich, wurden durchbrochen. Eine Hochebene wurde sichtbar. Verschneite Gipfel ragten spitz empor. Tiefer und tiefer wanderte der Blick. Der Blick. Tiefer.

Durch das Gebirge, über die Kämme, hinein in Spalten und wieder hinauf. Dann um einzelne Berge herum. Serpentinen folgend. Eine Straße. Die Baumgrenze. Bäume, die sich in den Himmel schrauben wollten und doch fest vernetzt waren. Mit dem Gestein. Ein Saum. Genäht, um Himmel und Erde zu verbinden. Weiter der Straße folgend, tiefer gehend. Ein Bergsee lag weich vor dem Blick. Seine Oberfläche kristallklar.

Geräusche wurden hörbar. Nadelstiche in verwundenen Muschelgängen. Kratzen und Stöhnen. Ein Atmen. Schreien. Der Blick verschwand im Wasser. Es wurde dumpfer. Schwerer. Kaum Luft. Kaum Atem. Die Bühne war leer. Schwarzes Nichts. Vorhänge wie Hochhäuser. Das Ende der Welt.

Die Bühne bestand aus nichts. Ella stand zwischen labyrinthischen Vorhängen, atmete fast panisch. Langsam tastete sie sich am schwarzen Samt entlang, begann zu rennen, stolperte, drückte sich durch die Unterkante, die nie enden wollte, bis sie sich wieder in einem schmal gerafften Kaskadengang fand. Sie wurde verfolgt. Ja, er war wieder da.

„Levana, hilf mir!," dachte Ella.

Vielleicht schrie sie es auch. Das war schwer zu sagen. Überhaupt kam sie mir in diesen Augenblicken völlig ungreifbar vor. Es fühlte sich für mich so an, als wäre ich in einer Welt, die ich nicht verstand und von der ich erst im Nachhinein bemerkte, dass ich doch in ihr war. Ich begann das wirklich zu spüren. Erst wenn Ella wieder in ihrem Bett lag oder – wie hier – auf einem Sofa in der Tanzschule, fand ich sie wieder. Neben ihr stand Susie, die Ella übers Haar strich.

„Du bist plötzlich ohnmächtig geworden," sagte Susie, „dann hat es dich voll gegen den Spiegel gehaut. Das wird einen ganz schön blauen Fleck geben, kannst du mir glauben."

Ella sah sich Susies Lächeln an und spürte, dass alles zum Glück nur ein Traum war. Doch es besorgte sie sehr, dass sie in letzter Zeit so anfällig für solche Dinge war. Irgendetwas stimmte nicht. Dessen war sie sich sicher. Außerdem kannte sie das. Schon als Kind fiel es ihr schwer, zwischen Sein und Schein zu unterscheiden. Die Realität war nie sonderlich erstrebenswert. Sie war unbeugsam.

„Aber getanzt haben wir, Elli," sagte Susie, „phänomenal! Das müssen wir unbedingt weiter so machen. Du bist auf einmal völlig weg gewesen. Das war einfach... Wow! Richtig gut. Das müssen wir unbedingt ausbauen, versprochen?"

„Versprochen," flüsterte Ella und lehnte sich erschöpft zurück.

Ihr Blick ging an die schwarze Betondecke des Tanzsaals, die von unzähligen Schlieren übersät war, in denen sie kleine Symbole sehen konnte, Gesichter und Tiere, Werkzeuge und Muster. Als Kind hatte sie früher auch so auf die Decke gestarrt. Die Decke hatte zurückgestarrt.

o)))))))))))))))))))

Ich wusste noch genau, wie es war, als ich zum ersten Mal weinte. Es ist nicht so, dass ich mich nicht an das ablehnende Verhalten meiner Klassenkameraden gewöhnt hätte, aber ich versuchte mir nichts anmerken zu lassen. Zu Hause konnte ich dann nicht mehr weinen. Ich weiß nicht warum. Obwohl meine neuen Eltern sich viel mit mir beschäftigten und mit mir unternahmen, saß ich am liebsten in meinem Zimmer auf diesem neuen Bett, das mir meine neuen Eltern extra gekauft hatten, mit diesen Unmengen an Stofftieren, und dachte nach.

Zumindest denke ich mir das heute. Ich dachte an die Mädchen in meiner Klasse, stellte mir vielleicht auch vor, wie es wäre, wenn ich beliebter wäre. Natürlich tat ich das. Ich legte mich dann flach auf den Rücken und sah an die Decke. Diese verdammte Decke. Ich stellte mir vor, wie ich mit den Mädchen zusammen etwas unternahm, wie manche von ihnen ein anderes Mädchen verspotteten, weil sie zu dick war oder zu dumm, oder beides. Nur nicht ich. Ich stellte mir vor, wie ich dazwischen ging und ihnen sagte, dass das nicht in Ordnung sei und in meinen Phantasien schien dies alles ganz logisch. Niemand widersprach mir, sondern ich wurde verstanden. Das machte mir auch irgendwie Spaß. Geschichten eben. Heldinnengeschichten.

Wie gesagt, die Zeit auf meinem neuen Bett machte mir viel Freude. Ich blieb einfach in meinem Zimmer. Um mich herum machten sich alle Sorgen, aber ich wusste, sowieso, dass alles irgendwann zusammenstürzen würde und man mich wieder verließ oder irgendwohin abgab. In den unendlichen Faserungen der Decke fühlte ich mich zusehends wohler. Dort entdeckte ich immer mehr Muster und bald auch Gesichter, die vielleicht gar nicht da waren, sondern die ich selbst erzeugte. Da krochen Monster und Trolle, es flogen Feen und Bienen. Es gab erschreckte Gesichter, verzerrtes Lachen, gutmütige Blicke, fröhliche Augen. Auch der Horror.

Ich von meinem Standpunkt aus hatte allein in meinem Zimmer jedenfalls keine Langeweile. Die Anderen machten sich immer nur die Sorgen. Ich wollte nur nicht so gern unter anderen Kindern sein. Oder lesen. Oder spielen. Ich sah einfach an die Decke. Das reichte doch. Wenn mich meine neuen Eltern zu Freunden mitnahmen, wo auch Kinder waren, fühlte ich mich fehl am Platz. Die anderen Kinder spürten das auch. Das wusste ich. Sie spielten zwar mit mir, aber sie taten es nur ihren Eltern zuliebe, weil die ihnen gesagt hatten, dass ich ein armes Mädchen wäre und man mit mir spielen müsse. Auf solche Situationen konnte ich gut verzichten.

Ich kam mit mir selbst allein eben gut zurecht. Und wenn alles nichts half, dachte ich an Adrian, der wer weiß wo war und dort wer weiß welche Eltern hatte, welches Zimmer und welche Schule. Das machte mich zwar traurig, aber weinen konnte ich nicht. Ich konnte erst weinen, als es mich völlig überkam. Dann konnte ich nichts mehr zurückhalten. Irgendwie fühlte ich mich innerlich gefangen. Natürlich wollte ich gerettet werden, wollte, dass jemand zu mir kam und erriet, wie es mir ging. Aber das passierte nicht.

Beim Schwimmunterricht in der dritten Klasse war ich noch schüchterner als sonst. Es war für mich einfach alles nicht mehr auszuhalten. Ich schämte mich nicht nur meiner Herkunft und meiner neuen Eltern, die ja gar keine Eltern waren, sondern nur gute Menschen, die einem armen Mädchen halfen, es aber in Wirklichkeit gar nicht liebten. Nein, ich schämte mich auch meines Körpers. Ich war ein relativ großes und schlaksiges Mädchen, dünn und feingliederig, wie mir erst heute klar ist, das sich von meiner Perspektive aus und im Blick der anderen oft wie eine Marionette bewegte.

Zumindest kam ich mir so vor. Es war, als würde mein Körper nicht ganz zu mir gehören, sondern von einem riesigen Puppenspieler gelenkt, der mich auch noch erst ausprobieren musste, selbst noch nicht ganz geübt war, um ein wirklicher Meister zu sein. So stand ich also meist in meinem widerlich bunten Badeanzug da und versuchte mich in irgendeiner Ecke nicht allzu sehr in Szene zu setzen, nicht aufzufallen. Wenn unsere Lehrerin gerade eine Ansprache hielt und uns etwas vormachte, uns irgendeine

Technik zeigte, stellte ich mich sofort wieder in die Reihe zu den anderen und da ich auffiel und es auffiel, wenn ich nicht da war, fiel ich gerade deshalb nicht sonderlich auf. Ein guter Trick, wie ich fand. Das funktionierte für mich. Und das war die Hauptsache.

Auch gegenüber meiner Lehrerin verhielt ich mich stets interessiert und führte aus, was von mir verlangt wurde. Ich lernte sogar recht gut schwimmen und wurde aus meinem Gefühl heraus so sicher, dass ich eine Verbindung meines Körpers mit dem Wasser spürte. Von diesem Moment an wusste ich, dass ich nicht mehr untergehen würde. Ich konnte schwimmen und mich über der Wasseroberfläche halten. Meine Lehrerin streichelte mir zu dieser Zeit einmal sanft über die nasse Schulter, als ich aus dem Wasser stieg und sagte „gut gemacht," was mich freute und mir letztlich den Sport und die Bewegung nahe brachten.

Von nun an begann ich zu spüren, dass es keine Fäden waren, an denen ich hing, vom faulen und unfähigen Puppenspieler irgendwie bewegt, sondern dass es etwas in mir drin war, Muskeln und Sehnen, Möglichkeiten, mich zu dehnen, mich zu drehen, zu beugen und zu wenden. Meine Leistungen im Sport wurden zunehmend besser, was mir erstens zwar den Lob meiner Sportlehrerin brachte, die auch meine Mathematik- und Biologielehrerin war, die anderen zweitens aber mit Neid erfüllte. Trotz oder gerade wegen dieser wohl eher normal verlaufenden Schulentwicklung fand ich im Laufe der Zeit und nach dem Wechsel aufs Gymnasium tatsächlich Freunde. Denn die anderen Mädchen waren plötzlich auch unsicher und fühlten sich nicht wohl in ihren Körpern und Köpfen. Das kam mir sehr entgegen.

Ich blieb aber nach wie vor viel alleine, weil es mir am liebsten war und meine neuen Eltern akzeptierten in dieser

Zeit irgendwann, wie ich war, da sie von ihren eigenen selbstbezogenen Alltagsproblemen bestimmt wurden und merkten, dass bei den anderen leiblichen Teenagern auch nicht alles Gold war, was glänzte.

Und erst jetzt merke ich, dass ich mich immer mehr mir nähere, Levana, auch wenn ich nicht weiß, wie du es schaffst. Vielleicht war Ella auch nur im Sog ihrer ureigenen Gedanken, die ihr zum ersten Mal in ihrem Leben verständlich machten, dass sie sich auch selbst akzeptieren konnte, da es nichts jenseits seltsamer Vorstellungen und Träume gab. In dieser Zeit wurde es ihr ein Stück weit möglich sich zu befreien und ihre Vergangenheit neu zu sehen. Denn eigentlich wollte Ella davon erzählen, wie sie zum ersten Mal wirklich weinte.

Sie, die so sicher im Wasser war, die wusste, dass sie nie ertrinken würde, sah einem Mädchen zu, wie sie ertrank. Während die Mädchen in der Dusche waren und sich für den Unterricht abduschten, hatte Ella wie immer etwas gewartet, um sich allein abzuduschen und dann zu den anderen zu stoßen. Als auch sie sich abgebraust hatte, wollte sie durch die Glastür ins Schwimmbad gehen und wurde von einem Schwall überflutet. Noch bevor sie wusste, was passiert war, roch sie den Gestank von Putzwasser und spürte Haare und nassen Staub auf sich, in ihrem Badeanzug, breit über ihrem Haar verteilt. Sie hörte das Lachen der anderen und sah Karina vor sich, die einen Putzeimer hielt und ihn nun leer schließlich Ella auf den Kopf setzte.

„Der ist für unsere kleine Meerjungfrau," sagte Karina voller Hass und Unsicherheit zugleich, während sie seltsam lachend zu den anderen blickte.

Ella ging gedemütigt und voller Zorn wieder in den Duschraum, zog sich aus und wusch sich wieder und wieder ab. Sie hörte nicht mehr auf damit. Es musste weg.

Alles musste weg von ihr. Aus ihr hinaus. Nach einiger Zeit kam ihre Lehrerin, die sie suchte und ermahnte, dass sie nicht so lange duschen solle. An diesem Tag war sie aus privaten Gründen etwas verärgert und gab Ella den ersten Schulverweis ihres Lebens, eine Maßnahme, welche die Schreckensherrschaft der Schulleitung als pädagogisch besonders wertvoll betrachtete.

Ella aber konnte wieder nicht weinen. Es war plötzlich wieder da. Nach all dieser guten Zeit. Sie war wieder außer sich. Wieder war da der Puppenspieler, oder war es eine Puppenspielerin, Levana, die sie empor- oder herabzog. Jedenfalls kochte in ihr das Blut. Sie ließ sich nichts anmerken, schwamm ihre Bahnen mit höchster Konzentration. Niemand konnte ihr etwas nachsagen.

Karina sah sie mit ängstlichem Ausdruck an, wenn sie an ihr vorbeischwamm und schien vielleicht sogar so etwas wie ein schlechtes Gewissen zu haben. Denn Karina, das wusste Ella, war eigentlich auch nicht so richtig beliebt bei den anderen Mädchen. Sie kam sogar einmal zu ihr und entschuldigte sich ganz leise bei ihr. Ella aber konnte nicht verzeihen. Es gab für sie keine Vergebung mehr. Dafür war zu viel passiert.

Dass Karina schlecht schwamm war Ella gar nie aufgefallen. Sie hatte aber auch nie auf die anderen geachtet. Karina konnte sich, wie Ella jetzt sah, kaum über Wasser halten und hielt sich ebenfalls jede Aufmerksamkeit der Lehrerin vermeidend tatsächlich immer nur im niedrigen Bereich auf, wo sie im Wasser ein wenig auf und ab hüpfte. Von Schwimmen konnte jedenfalls keine Rede sein. Ella sprach bald mit niemandem mehr.

Wenn sie nachts wieder in ihrem Bettchen lag, spürte sie keinen Schmerz. Die Decke ließ sie einfach ihre Geschichten erzählen. Sie war darin nicht mehr enthalten. Ihr Heldentum hatte geendet. Sie wusste, dass sie es nie schaffen würde. Zu entkommen. Sie spürte eine unendliche Traurigkeit in sich, doch sie konnte nicht weinen. Es war einfach schrecklich. Dagegen kam sie nicht an. Es war ihr Schicksal.

Am nächsten Tag in der Schule wurde sie schließlich mit dem Tod konfrontiert. Karina würde nicht mehr in die Schule kommen, wie die Klassenlehrerin berichtete, da sie einen Unfall gehabt hätte. Wie Ella bald erfuhr, da alle sich laut darüber unterhielten, voller falscher Besorgnis und gespieltem Schock, hatte ein Unbekannter Karina entführt, misshandelt, zumindest wie der bis dahin lautende Stand der Ermittlungen lautete und wie es in den Zeitungen stand, sie in ein weißes Betttuch eingewickelt und mit Paketschnur zusammengebunden in den Fluss geworfen, wo sie am Morgen aufgespießt in der nicht mehr vorrankommenden und laut vor sich hinratternden Kläranlage gefunden wurde. Ihr Gesicht war wohl von der wiederholten Reibung an einem Stahlträger bereits bis zur Hälfte des Schädels abgetragen.

Als Ella an diesem Tag nach Hause kam und die Wochen, die darauf folgten, konnte sie zum ersten Mal weinen. Sie weinte zuerst nur ganz kurz. Ein paar Tränen nur. Es war aber so eine tiefe Trauer in ihr, die sie nicht mehr zurückhalten konnte. Der Staudamm in ihr hatte einen Riss. Sie begann immer länger zu weinen. Es war eine richtige Befreiung. Der Staudamm brach zusammen. All ihre Vergangenheit überflutete nun das Tal ihres noch jungen, aber doch emotional so ereignisreichen Lebens. Erinnerungen, Bilder, Gefühle.

Ella weinte nun stundenlang allein in ihrem Zimmer, während sie nicht mehr die Decke anstarrte, sondern in ihre Arme gekauert die Bettdecke benässte. Ihre Eltern konnte sie nicht mehr beruhigen und ließen sie bald mit sich allein. Sie akzeptierten alles, was Ella betraf und dachte, dass sich auch das irgendwann legen würde. Es war ihnen schlichtweg egal. Ella auch. Sie wollte weinen. Es war gut, endlich einmal alles ausbrechen zu lassen. Warum sollte sie denn nicht traurig sein? Ihr Leben war ja schließlich auch zum Kotzen.

o)))))))))))))))))))

Und plötzlich war sie älter. Plötzlich studierte sie. Plötzlich lebte sie nur noch pro forma bei ihren alten neuen Eltern, wo ihr sogenanntes Kinder- und Jugendzimmer war. Nun hatte sie eine eigene kleine Wohnung, eine Aufgabe, eine Zukunft. Oder? Ella erinnerte meist wenig, aber wenn, dann kamen ihr die Erinnerungen stoßweise zurück. Sie stand wie gebannt vor dem Tatort und realisierte erst jetzt, dass sie gerade eben woanders gewesen war. In ihrer Erinnerung. Oder war es ein Traum?

Anne-Katrins Leiche schwebte gleichsam über der Bühne, von deren leblosem Körper noch immer Blut auf den Boden tropfte. Anne-Katrin war auf drei eiserne Pfähle gespießt. Mitten auf der Bühne der Akademie. Ein Pfahl war ihr durch den Unterleib getrieben, einer durchs Zwerchfell und ein dritter durch den Mund. Hätte man es nicht besser gewusst, hätte man an eine abstrakte Skulptur denken können. Dann sackte ihr gerade noch schwebender Körper mit einem lauten Schmatzen gen Bühnenboden. Das Blut spritzte bis zu Ella. Die anderen Mädchen schrien.

Nun bemerkte auch Ella die Aufregung, die um sie herrschte. Die Kommilitoninnen weinten, waren ganz aufgelöst, zitterten, manche lachten etwas irre. Eine erst in diesem Semester hinzugekommene, die Ella noch gar nicht kannte, schien einen Nervenzusammenbruch zu haben. Larissa erbrach sich in eine Ecke. Die Polizisten sperrten alles ab. Ein Polizeifotograph machte Fotos. Langsam wurden die Mädchen herausgebracht. Sanitäter waren da, ein paar psychologische Berater. Es passiert für Ella eher wie in einem Traum. Vielleicht im Zeitraffer, vielleicht auch in Zeitlupe.

Bald versuchte jemand mit Ella zu reden. Doch sie winkte nur ab und folgte Adriana, die gerade aus der Tür ging. Ella musste auch weg. Draußen rauchte Ella mit ihr eine Zigarette, obwohl sie eigentlich nicht rauchte. Aber der Rauch fühlte sich gut an. Da konnte man nichts machen. Manchmal musste man einfach eine Zigarette rauchen. Wenn alle Stricke rissen, eine Zigarette gab einem schnellen und sicheren Frieden.

„Ich kann das einfach nicht glauben," sagte Adriana und versuchte bewusst kontrolliert zu sein, „ich meine, wer macht so etwas. Das ist doch völlig abartig. Ich meine... Abartig! Das kann doch nicht sein."

Ella sah Adriana in die Augen, die blutunterlaufen waren. Sie betrachtete ihren schneeweißen Hals, die Mulde über ihren Lippen. Die Mulde in ihrem Hals.

„Ich habe das noch gar nicht verstanden," sagte Ella, „ich weiß nicht. Wer weiß schon, was so passiert. Ich kann das nicht verstehen. Hast du das gesehen? Sie haben sie... Anne-Katrin war einfach... Sie ist tot. Ganz einfach tot. Wie das wäre... Ich... Keine Ahnung."

„Das ist Kunst," sagte Angela, die zu den beiden stieß.

Angela war immer schon etwas emotionslos und unterkühlt, doch auch ihr merkte man die Schockstarre an, die sie dennoch gekonnt überspielen wollte.

„Der Mord als Kunst, sag ich euch," sagte Angela, „das ist so ein Perverser. Das ist wie in diesen Serien und Filmen, die ihr so hasst. Ich hab euch immer gesagt, dass man sich mit sowas beschäftigen muss. Das ist nicht nur Spinnerei. *Sowas gibt's wirklich!* Das sind völlig kranke Typen, die sitzen in ihren Wohnungen und kritzeln die Wände voll. Die Schreiben da so Sachen wie: Kill. Kill. Kill. Stich zu, mein Freund, es ist so weit. Der Metzger hat gerufen. Das sind völlig kranke Batemans. Völlig abartige Jasons. Die sind völlig irr. Die lassen sich das nicht anmerken. Das ist für die ein Spiel. Die denken: wer, wenn nicht ich? Ist das geil, dass mich niemand erwischt. Ich bin das Rumpelstilzchen. Die sitzen da vor ihren Wänden und machen Skizzen und denken sich Dinge aus. Das ist richtige Arbeit. Die stecken da richtig Liebe rein. Gegen die ist das Tannhäuser Tor ein Scheißdreck. Das Unbenennbare ist für die der schützende Uterus. Da gibt es kein Leben außerhalb. Das ist für die nur ein Witz. Wurst in der Auslage. Das ist alles nur totes Fleisch und Blut für solche Wixer. Versteht ihr? Die schlachten einfach Menschen ab, weil sie meinen, dass sie es können. Weil sie sonst nichts können. Das sind ganz, ganz kleine Würstchen, die Spinner. Das bedeutet denen genau so viel, wie sie ihre alten Anzüge aussondern. Da gibt es nichts hinter dem Leben. Da gibt es keine Seele. Nur Fleisch. Nur Blut. Da herrscht der reine Wahnsinn... Dies abartigen Pfeifen sind nichts. Nichts, sag ich euch, die sind einfach nur ganz, ganz kleine Arschlöcher, die meinen, dass sie niemand liebt. Das sind alles nur ganz, ganz ..."

„Angela!" schrie Adriana, welche die Rage, in die sich Angela gesteigert hatte, nicht mehr ertragen konnte, weil sie es selbst nicht mehr ertrug, „reiß dich zusammen."

Nun begann auch Angela zusammenzusacken und kauerte sich auf den Boden. Sie hielt sich an Ella fest und hatte wohl auch einen Nervenzusammenbruch. Sie zitterte am ganzen Leib.

Nach einer guten Weile hatte man die Mädchen, die Lehrerinnen und das restliche Schulpersonal in den Festsaal gebracht, wo alle etwas ruhiger auf dem Samt der geschwungenen Jugendstilstühle saßen. Die Atmosphäre war trotzdem zum Zerreißen, ganz so, als könnte die Luft auseinanderbrechen und einen gähnenden Abgrund in einen Tornado öffnen. Die Unendlichkeit. Ella hatte zumindest solche Bilder vor sich. Wieder fühlte sie sich sehr schwer. Erdkern, Magma, Metall. Sie wusste nicht mehr, in welcher Reihenfolge. Es machte sowieso keinen Unterschied.

Einer der Inspektoren trat vor und versuchte etwas zu sagen. Doch bevor er nur einen Laut herausbekam, schrie Larissa, die wirklich elend aussah. Sie schrie, ohne Beruhigung. Die Leiterin nahm sie in den Arm, doch sie entriss sich ihr und lief wirr auf die Wände starrend umher.

„Seht ihr das nicht?" schrie sie, „seht ihr das nicht? Alle Spiegel sind verhängt. Es ist alles schwarz."

Nun bemerkten es auch die anderen. Im Festsaal waren in kurzen Abständen kunstvolle Spiegel an den Wänden, in denen man sich selbst beim Tanzen sehen konnte. So entstand die Illusion eines riesigen Saales, der sich in runden Wänden weiterbog. Larissa hatte Recht. Jeder einzelne Spiegel war mit einem schwarzen Tuch verdeckt.

Der Inspektor näherte sich langsam einem der Spiegel und spähte vorsichtig unter das Tuch. Dann zog er es fest herunter und schaute fordernd auf die Mädchen, die sich nun im Spiegel betrachteten, als sähen sie dem Tod ins Gesicht.

„Ihr reißt euch jetzt zusammen," schrie der Inspektor, „habt ihr verstanden? Da ist nichts."

Dann verstummten die Mädchen einen kurzen Augenblick, bevor ein paar von ihnen wieder lauthals zu schreien begannen und von anderen in ihrer Angst bald begleitet wurden. Der Inspektor sah nun auch auf den Spiegel. Auf diesem war eine mit Blut geschriebene Zahl zu sehen. Es war eine Acht. Es musste Anne-Katrins Blut sein. Die anderen Spiegel wurden nun auch entblößt und alle, die nichts mit der Polizei zu tun hatten, mussten nach draußen.

∞)))))))))))))))))))))

Während uns der Kommissar verhörte, war ich kaum bei mir. Ich hatte das Gefühl, das sei alles jemand ganz anderem passiert. Überhaupt hatte ich das Gefühl, dass auch mein Leben eigentlich jemand anderem zugestoßen sei. Einem Nachbarskind, das ich aus meiner Kindheit kannte. Oder noch weiter zurück, einem vertauschten Baby im Kreissaal.

Der Kommissar war groß und braungebrannt. Sein Gesicht war charaktervoll und knotig. Sein Name wie Blei: Egge. Er fragte jede von uns wieder und wieder, scheute sich nicht ins Detail zu gehen, private Dinge hervorzuholen und im tiefsten Grab der Mädchen und des Lehrpersonals zu graben. Als ich an der Reihe war, nahm ich erst seine warme Stimme war, die wie hinter mir zu sprechen schien, auch wenn er vor mir stand.

Plötzlich fiel über meinen Blick wieder dieser Schleier und mein Herz begann schnell zu schlagen. Dieser verdammte Blick. Ich hatte ihn nicht mehr unter Kontrolle. Ich fühlte mich fallen, beziehungsweise meinen inneren Körper, der abgetrennt von meinem äußeren Körper wurde, oder dieser Hülle. Irgendetwas zog mich hinab. Alles wurde schwarz. Eine Hand griff nach mir, die aus einem alles verschlingenden Spiegel kam, aus einem Schlund, der auch mich absorbieren wollte.

Die Hand kam immer näher. Mein innerer Körper fiel in sich. Implodierte. Ich verschwand. Das Grauen des endlosen Rauschens jenseits der Zeit ergriff mich. Es war jenes Geröll, das mich seit meiner Kindheit in den Nächten heimsuchte. Keine Monster unter meinem Bett, keine schwarzen Männer im Schrank. Es war das kosmische Loch der letzten Dinge, das mich verschlang und für immer vernichtete. Es war die pure Angst, das vollständige Aufgehen im Nichts. Die reine Flucht. Jenseits jeder Geschichte. Jenseits der Bilder an der Decke. Jenseits meiner Phantasie. Vollständiges Bild. Flucht.

Ich erwachte im Krankenzimmer. Kommissar Egge stand neben mir. Er sah mich ernst und eindringlich an. Irgendetwas lag in seinem Blick, das mir gefiel und das auch ihm zu gefallen schien.

„Geht es ihnen wieder gut?" fragte er.

„Ich weiß nicht," sagte ich und wusste es wirklich nicht.

„Sie sind ohnmächtig geworden."

„War es nur das?" sagte ich, ohne zu wissen warum, noch immer verwirrt.

„Wie meinen sie das?" fragte er.

„Ich weiß nicht," sagte ich.

„Sie scheinen nicht sehr viel zu wissen."

„Ich weiß nicht," sagte ich, „tut mir leid.

„Nun gut," sagte er, „dann lasse ich sie vorerst mal in Frieden."

„Danke," sagte ich.

„Ruhen sie sich aus," sagte er, „ich bin hier noch lange nicht fertig."

Egge sah sich in der offenen Tür stehend noch einmal um. Seine Augen trafen sich mit Ellas Augen etwas länger als nötig. Ihr Blick fesselte ihn, ohne, dass er wusste warum. Natürlich war sie eine attraktive junge Frau, dachte er, aber damit hatte es sich dann auch schon. Er wollte es nicht, aber sie gefiel ihm. Irgendetwas spürte er. Etwas, das er lange nicht gespürt hatte. Das verschollen war. Irgendetwas an diesem Mädchen zog ihn zu ihr. Es war nicht logisch.

Nachdem Egge den Raum schließlich verlassen hatte, fiel Ella wieder in einen tiefen Schlaf. Diesmal waren da endlich zu ihrer Erleichterung ein paar Monster und Freundinnen. Da waren ihre Eltern, die sie aufgezogen hatten. Sie redeten etwas miteinander. Es ging um nichts bestimmtes. Alltagsdinge. Und dann war da wieder Adrian. Er stand hinter ihr. Doch sobald sie sich ihm zuwandte, verschwand er. Zog sich wieder hinter sie zurück. Wie der eigene Schwanz, dem der Hund hinterherrennt.

Levana, kannst du das verstehen? Er wollte nicht bei mir sein. Er konnte es nicht. Warum nur spreche ich dich an und nicht mehr ihn? Adrian! Warum hörst du mich nicht mehr? Bin ich nicht mehr gut genug? Bin ich böse? Habe ich dich verraten? Adrian! Ich höre ihn nicht mehr. Levana! Alles fällt. Ich verliere mich, Levana, hilf mir. Wohin soll ich? Die Unendlichkeit ist eine liegende Schleife. Adrian! Renne nicht weg.

Und Ella folgte ihrem Bruder. Sie rannte und rannte. Doch je näher sie ihm kam, desto mehr schien sie sich von ihm zu entfernen. Bis Adrian stürzte. Der Traum sich veränderte. Die Umgebung zu einem hohen Wald wurde, der bald zu einer riesigen Stadt anwuchs, deren Hochhäuser jedes Stück Himmel verdeckten, Betonplatten und Ziegelblöcke, Stahl und Glas. Dieser Himmel, der so weit entfernt war und doch so nah.

Ella fand ein Messer in ihrer Hand. Sie wusste nicht, wie es dahingelangt war. Ein schnelles Poltern näherte sich wie Panzer. Eine Kriegsmaschine machte alles platt, irgendwo. Irgendwo waren immer Panzer, hinter den Mauern aus Stahl. Eine riesige Walze näherte sich dem Ende der Welt. Es brannte. Feuersalven stiegen in den Himmel. Diesen verdammten Himmel. Ella rannte durch enge Gassen. Sie nahm die Zerstörung war. Die Straßen waren versperrt. Sie stieg über den Schutt. Bei einer Häuserwand lag Adrian zwischen Mülleimern, verschmutzt und verwundet. Er wimmerte leise. In seinen Augen war Todesangst. Ella hob ihn hoch und drückte ihn an sich.

„Bitte...," kam es leise aus diesem kleinen Mund, mit kaum wahrnehmbaren Lippen.

Ella hob das Messer in die Höhe. Sie würde ihren Bruder töten. Sie würde es tun. Er sollte erlöst werden. Sie kam nicht dagegen an. Sie musste es tun. Sie wollte ihren Bruder nicht töten. Nein. So etwas tat sie nicht. Nie würde sie es tun. Nein. Sie würde es nicht tun. Nicht im Leben und nicht in Träumen. Nie.

(∞)))))))))))))))))))))

Ich weiß nicht mehr, ob ich ein Kind bin oder in der Gegenwart. Alles verschwimmt. Hier und Jetzt sind in einem unüberbrückbaren Strom. Dieser Mord war geschehen. Alles sprach darüber. Ich weiß nicht mehr, wie es war, als ich ein Kind war. Die Kindheit ist ein seltsamer Schleier. Da sind Erinnerungen, Gefühle und Bilder. Ich denke oft an sie und weiß doch nicht, ob sie echt waren. Bei vielem denke ich daran, dass ich in meinem kindlichen Kopf die Welt einfach anders wahrgenommen habe, als sie wirklich war. Natürlich war ich in einem kindlichen Kopf. Woher sollte ich denn wissen, was richtig und was falsch ist? Als Kind war man doch fern jeglicher Schuld.

Die Abende waren mir in guter Erinnerung, das Liegen im Bett, die Angst vor dem Einschlafen. Ich habe mir Geschichten ausgedacht, habe mir vorgestellt, wie es wäre, wenn ich in einer anderen Familie leben würde, habe mir Situationen ausgedacht, in denen man mich freudig aufnahm, sich um mich kümmerte und auf mich wartete, mich willkommen hieß.

In diesen Geschichtenschichten versunken schlief ich meist ein, in einem Sog des Phantastischen. Wie bei den Bildern an der Decke versuchte ich auch hier an einen Ort zu kommen, der irgendwo in mir war, an dem ich sicher war. Ein Ort, der allezeit geschützt war, auch wenn die Welt unterging. Die Feuerwalze die Erde zermalmte. Ein geheimer Ort in mir, der nur mir gehörte, der Ich war.

Je mehr ich darüber nachdachte, desto weiter stürzte ich durch Zeit und Raum. Nichts war mehr real. Ich fiel hinter Gott, der hinter sich selbst fiel und so fiel alles in sich zusammen und aus- und ineinander. Es gab nichts jenseits der Welt, alles war ein großes und kahles Nichts. Ein weißes Papier, unendlich. Keine Schrift, kein Laut. Keine Geschichten mehr. Das gähnende Nichts. Alles umsonst.

Und dann kam er. Plötzlich nahm Adrian mich bei der Hand. Er lächelte mich an und half mir hoch. Wir gingen eine Weile fast unbemerkt nebeneinander her. Damals war er nicht hinter mir, saß mir nicht im Nacken, sondern war neben mir, vor mir, bei mir, ganz einfach. Es war schön. Seine Hand war warm. Sein Gesicht schön. Sanft. Er erzählte mir Geschichten. Es waren einfache Geschichten.

Eigentlich war es im Grunde immer dieselbe Geschichte. Er erzählte von Forschern in einer Station am Nordpol, die von einer unbekannten Macht angegriffen wurden. Eine Macht, dachte ich damals, das hörte sich doch bedrohlich an. Eine Macht.

Sonst passierte in Adrians Geschichte nicht viel. Er schmückte sie nur immer weiter aus. Die Forscher stritten sich, versteckten sich vor der Macht, klügelten Pläne aus, um die Macht zu zerstören und manchmal aßen und tranken sie auch. Adrian erzählte immer weiter. Die Geschichte weitete sich bald schon auf die ganze Erde aus. Es gab Geheimgruppen. Auch die Raumfahrt wurde wichtig. Er wurde nicht müde zu erzählen. Plauderte alles aus, was er nur an die Hand bekommen konnte.

Die Handlung war nicht wichtig. Sie war eher Beiwerk. Eine dunkle Bedrohung. Aber Adrian beschrieb mir den Schnee, den Sturm und die Kälte. Er beschrieb mir die Männer und die Macht, die bald schon ein grässliches Wesen mit Tentakeln und Missbildungen wurde, das alle ermordete, das die Männer in die Leere des Nichts hinabreißen wollte. Er erzählte von so vielem. Von Städten und Planeten. Von unterirdischen Höhlen und anderen Dimensionen.

Dabei ängstigten mich diese Geschichten niemals. Im Gegenteil, mir wurde ganz wohlig, wenn ich ihm zuhörte. Adrians Stimme ging mitten in mein Herz, als ob sie immer zu mir gehört hätte. Er würde mich retten, dachte ich mir damals, er wäre mein Held, mein einzigartiger Freund und Bruder, der mich nie allein lassen würde, der immer für mich da wäre, dann, wenn niemand mehr da war. Er war das, was jenseits lag, ein Hafen im Mahlstrom der Zeit. Meine Kindheit, eine Vorstellung des Unwiederbringlichen, vielleicht selbst schon der Tod. Keine Kindheit jedenfalls.

Oder das, was man landläufig darunter zu verstehen meinte.

((o)))))))))))))))))))(o

Einmal im Jahr ging ich zu meiner Mutter in die Klinik. Ich wusste nicht mehr, wann ich damit eigentlich angefangen hatte. Ich ging zu meiner leiblichen Mutter. Wie komisch sich das anhörte am Anfang. Wahrscheinlich begann es, als ich erfahren hatte, dass sie noch lebte. Mit 18 Jahren klärten mich meine Adoptiveltern darüber auf. Bis dahin hatte ich nie an sie gedacht. Adrian reichte mir völlig aus. Vielleicht dachte ich auch an andere Dinge, die trotzdem um meine Mutter gingen. Keine Ahnung. Wie gesagt, die Erinnerungen hieran waren mehr als verschwommen.

Ich weiß auch nicht mehr, ob ich damals das Bedürfnis hatte, meine leibliche Mutter zu sehen, oder ob man mir gut zugesprochen hatte, dass es mir sicherlich gut tun würde, eine Beziehung zu ihr aufzubauen. Dabei war Beziehung weit mehr als nur etwas übertrieben ausgedrückt. Meine leibliche Mutter saß den ganzen Tag, wie ich bald sehen konnte, wenn sie nicht schlief, auf einem Sofa und starrte ins Leere. So war es bei meinem ersten Besuch und so war es auch bei meinem letzten. Ein Wort wurde mir an die Hand gegeben, die Diagnose, wie mir gesagt wurde. Für mich hatte das keine Bedeutung.

Warum ich sie trotzdem regelmäßig besuchte? Es tat mir gut. Ich setzte mich zu ihr und saß mit ihr ins Leere, an die weiße Wand, aus dem Fenster in den leeren oder wolkigen Himmel. Es war ganz so wie früher, als ich an die Decke sah. Ich konnte auch auf den Boden sehen. Fliesen oder andere Bodenbeläge boten ebensolche fantastischen Möglichkeiten, etwas in die Formen und Unregelmäßigkeiten hineinzulesen und -sehen. Die Besuche bei meiner Mutter waren für mich also Erholung pur.

Ich kannte meine ja Mutter nicht. Was hätte ich mit ihr auch reden sollen, wenn sie geredet hätte. So war es mir am liebsten. Mich verband letztlich nichts mit ihr. Gut, sie sah mir etwas ähnlich. Oder ich ihr. So sagte man landläufig. Mit viel Phantasie konnte ich mir ein Bild davon machen, wie ich in ihrem Alter einmal aussehen könnte. Das war in Ordnung. Sie sah nicht schlecht aus. Aber sonst konnte ich keine Beziehung zu ihr aufbauen. Das war faktisch nicht möglich. Und genau das gefiel mir daran. Ich konnte mich selbst an so wenig aus meiner Kindheit mit ihr und meinem Vater erinnern, dass es mir nichts ausmachte, mich nicht damit auseinanderzusetzen.

Meine Adoptiveltern begrüßten meine Besuche natürlich und sahen darin eine Hinwendung zu meiner Vergangenheit und mir selbst. Mit dieser still vor sich hinsitzenden Frau verband mich aber nichts. Da war immer nur Adrian. Oft sprach ich im Geiste, wenn ich bei Mutter war, mit Adrian, wenn ich zu ihr ging, da er ja nicht da war. Ich sehnte mich so nach ihm. Wo immer er auch war.

Manchmal stellte ihn mir vor, wie er neben mir ging, so wie damals, wenn ich durch die langen Gänge der Klinik schlenderte, wie er neben mir herlief, sich mit mir unterhielt und mir etwas von seiner unendlichen Geschichte in diesen Zimmern erzählte. Bald begann sich die Geschichte wirklich weiterzuerzählen. Mein imaginärer Adrian erzählte mir von Misshandlungen, von Gewalt und Wahn, diese Geschichte, von der er so besessen war, von dieser Macht, die sich mittlerweile auf das ganze Weltall ausgedehnt hatte.

Seltsamerweise ließ mich diese Weitererzählung seltsam kalt und berührte eher mein Interesse und ein gewisses Gedankenkarussell als meine Emotionen. Das lag aber wohl daran, dass ich mir ja im Klaren war, dass ich mir mit dem imaginären Adrian die Geschichte selbst erzählte. Sie war nicht von ihm, sondern von mir. Auch wenn das Gerüst ursprünglich von ihm stammt, war doch ich diejenige, die es mir heimlich weitererzählte.

Dabei erzählte Adrian gut. Wie gesagt, das stellte ich mir so vor. Es waren leider nur meine Geschichten, das, was ich empfand, wenn ich meine leibliche Mutter besuchte, gewisse Schnappschüsse von Lebensläufen, die ich mir hinter den Türen der Klinik vorstellte. Ich bekam manchmal so ein sehnsüchtiges und trauriges Gefühl, wenn ich jemanden sah. Dann vermutete ich sofort eine Geschichte, ein Schicksal, etwas trauriges und seltsames. Da waren Frauen, die von ihren Vätern als kleine Mädchen vergewaltigt wurden, Männer, denen ihre Mütter Gift verabreichten, damit sie krank würden, Eltern, die ihre Kinder im dunklen Keller einsperrten, Eltern, die ihre Kinder schlugen, sie manchmal aber auch nur nicht beachteten, sie nicht wahrnahmen, vielleicht verachteten und sie das spüren ließen.

Manchmal war ich froh, dass ich davon gekommen war, wie mir schien, froh über meine Adoptiveltern, die ja wirklich ganz gut waren. Wir waren uns mittlerweile letztlich so egal, wie wir uns nur sein konnten, damit wir ein gewisses Maß an Feiertagslaune und gegenseitiger Achtung aufrechterhalten konnten, ganz so, als wären wir wirklich verwandt.

Es war und blieb schwierig. So ging das vielleicht drei Jahre. Bald saß ich weniger bei ihr. Meine mindestens zweistündigen Aufenthalte verkürzten sich auf nur eine halbe Stunde. Meine vier- bis fünfmaligen Besuche pro Woche fanden nur noch vier Mal im Monat statt, dann monatlich, bis ich sie am Ende nur noch einmal im Jahr vielleicht eine viertel Stunde eher aus Pflichtgefühl aufsuchte.

Bei meinem letzten Besuch saß ich neben meiner Mutter, versuchte mir vorzustellen, was hätte sein können, was war und niemals sein würde. Dann erkannte ich es. Die Zeit war vorbei. Sie würde nie wieder kommen. Das war gut und traurig zugleich. Adrian saß neben uns, in meiner Vorstellung, und er war Gut und Böse zugleich. Er tat mir leid. Ich weiß gar nicht warum. So saßen wir da. Ein seltenes Paar. Das Tageslicht hinter unserem Rücken. Vor uns an der Wand ein paar Schatten. Die Wand. Die Klinik. Ein altes Gebäude aus einer gläsernen Zeit. Eisen und Ziegel. Gummi. Schwer und massiv. Ernst und leer. Adrian war derjenige, der alles abbekommen hatte. Mein Bruder. Ich hatte Glück.

(((o))))))))))))))))))))((o

Die Unterwelt. Ella kannte den Mörder. Jedenfalls dachte sie das. Oder war sie nur besessen? Besessen von einer Idee? In Besitz genommen von etwas, das zwar in ihr war, das sich aber selbständig gemacht hatte. Sie fühlte sich verloren in einer Art Wunderland, wo sie, Alice, nicht mehr herausfand. Die Besuche bei ihrer Mutter taten ihr nicht gut. Das wusste sie nun. In Wirklichkeit flüchtete sich immer mehr in eine Welt fern der Realität.

Heute zwang Ella sich zu ihrer Mutter zu gehen, aus Schuldbewusstsein, einer genetischen Verbindung, von der sie meinte, dass sie wichtig wäre. Auch wenn sie nicht daran glauben wollte, es war doch nicht so einfach. Obwohl mittlerweile nur einmal im Jahr, immer im August, wenn ihre Mutter Geburtstag hatte, war es für Ella schon Wochen vorher die Hölle.

Sie wusste, dass es dumm war, dass sie eigentlich keine Verpflichtungen ihr gegenüber hatte, aber sie sah es als

Dienst ans sich selbst. Auch die Klinik hasste sie. Sie konnte dieses Gebäude nicht aushalten, halluzinierte kleine Pavillons mit Zuckerguss, Karussells und einem Riesenrad. Die Pfleger wurden zu verrückten Hutmachern mit Zuckerstangen. Die Teppiche wurden Zungen aus Lakritze. Platanen schwangen im Wind. Die Sonne hatte ein Gesicht. Ach, wie schön war Panama. Längst vergessen. Wie Duft im Wind.

Ella versuchte sich wie üblich zu flüchten, während ihre Mutter nur dasaß und nichts tat. Aber es ging nicht. Ella musste diese Frau ansehen. Diese Frau, die ihr soviel angetan hatte. Wie sie dasaß. Nichts regte sich. Sie war nicht da. Sie war einfach nicht da. Nein. Ella wurde bei diesen Gedanken fast selbst verrückt, wie sie fürchtete. In Wirklichkeit dachte sie, war sie – Ella – nämlich nicht da. So empfand sie es. Es konnte sie nicht geben. Sie war die Vorstellung dieser verrückten Frau ohne Seele. Eine Frau, die in einem Körper gefangen war, der sie geboren haben sollte.

Es war unmöglich, dachte sie, Ella existierte nicht. Es konnte sie nicht geben. Diese verlassene Kind. Dieses Mädchen. Sie war eine Chimäre. Sie wurde nie geboren. Ein Geist, der über den Wolken flog, durch die Baumkronen stach, Städte überflog, durch Häuserschluchten düste, so viel als möglich aufnehmen wollte von dieser Welt, der sie nicht angehörte, die Bedrohung spüren, das Grauen wegzufliegen, mit ihm mitzufliegen, von ihm getragen zu werden, bis hin zu einem Ort, der das schwarze Loch des Todes sein würde. Der Tod. Das Schloss des Schreckens. Die Klinik. Das Sanatorium. Die Psychiatrie. Das Ende.

Nach diesen Besuchen begann Ella sich tagelang zu erbrechen. Vielleicht hatte sie das Datum auch aus diesem Grund in den August gelegt. Da konnte sie sich zurückziehen. Der Sommer kannte keine Türen. Sie kaufte ein, verschanzte sich in ihrer Wohnung, aß und trank und erbrach sich wieder. Sie musste leiden. Sie musste sich leiden lassen, damit ihr Schmerz endlich wieder verschwand. Damit sie sich spüren konnte. Sie musste etwas in sich aufnehmen, um es dann wieder auszuspucken. Zu wissen, dass es diese Hülle gab. Dass sie darin war, dass etwas hinein- und wieder hinausging. Seltsam. Aber real.

Manchmal wollte Ella springen. Ihre Wohnung hatte einen kleinen Balkon. Die dreißig Meter bis zum Beton würden reichen, dachte sie. Kopfvoran! Manchmal wollte sie sich mit einem Messer etwas in den Arm schneiden, sich das Gesicht ritzen, ein Auge ausstechen, irgendwas, nur, damit der Schmerz endete, oder anfing, oder da war. Sie wusste es nicht.

Ihr Körper war kein Tempel. Er war der Abgrund. Die Hölle. Dieser Körper gehörte jemandem, nicht zwangsweise ihr, aber er war jemandes Besitz. Ein Anderer? Hoffentlich sie. Vielleicht doch? Zum Glück gab es eine Grenze. Einen Rand. In Wirklichkeit hätte sie sich nie umgebracht, aus einem bizarren Grund, ihrer Haut nie Schaden zugefügt. Davor hatte sie viel zu große Angst vor dem Tod und dass es noch schlimmer werden würde, wenn sie erst tot war. Besser noch zu leben, als im ewigen Wahnsinn dahinzutreiben.

Nachts schlief Ella nach den Wochen ihres Mutterbesuches völlig entkräftet auf den kalten Fliesen des Bads ein, die Toilette wie einen Liebsten im Arm, wie ein Embryo um sie gewunden, dem Abort. Den Fernseher hatte sie wie einen Beschützer ins Bad gestellt. Er hielt sie davon ab verrückt zu werden.

War es ihr dann irgendwann möglich zu schlafen begannen wieder die Träume. Dann erschien wieder Adrian. Dann gab es einen Umschwung. Die Welt änderte sich. Ella war in sich. Sie wusste, dass sie existierte. Adrian war auch da. Es war alles kein Problem mehr. Die Welt existierte. Es gab Bäume und Felsen. Straßen und Blumen. Sicher auch ein paar Monster. Aber wen kümmerte das, wenn man erst einmal geboren war, statt nie zu existieren. Unvorstellbar. Was sollten all die Höllenkreise, wenn es einen Berg gab, einen Pfad und Leben. Der Himmel, der explodieren wollte vor lauter Leben. Die Unterwelt, ein Fußnote in der Vergangenheit. Der Mörder gefangen. Auch wenn sie wusste, dass sie ihn kannte, versuchte sie es zu vergessen. Sie dachte einfach nicht mehr daran. Ohne Wissen lebte es sich einfach besser. Warum auch nicht.

((((o))))))))))))))))))(((o)

Ella hatte sich über das Wochenende zu Hause eingeigelt, wollte sich mit niemandem treffen, auch wenn eine groß- und langangekündigte Geburtstagsfeier stattfand, auf der alle sein würden. Nein, sie weigerte sich. Weshalb sollte sie immer funktionieren, sich vereinnahmen lassen von diesen sogenannten Freunden, die sich auf ihren scheinbar geordneten Bahnen bewegten, von denen sie überzeugt waren, dass sie stimmten und zu etwas führten. Mindestens zum Erfolg, wenn nicht zur Erlösung.

Nein, dachte Ella, es stimmte nicht, es hing nicht alles zusammen, es führte nicht alles Eins zum Anderen. Ella kuschelte sich in ihre Bettdecke auf dem Bett, versorgte sich – wie sie es nannte – mit Süßigkeiten und Limonade, während sie sich die alten Filme anschaute, Filme von glücklichen Familie, die sich zankten, nur um am Ende noch stärker miteinander verbunden zu sein, Filme von ganz früher, Filme von heute und Filme von gestern. Sie konnte das Mosaik nicht zusammenfügen, die schauspielernden Gesichter nicht wahr machen. Sie konnte die Bilder nicht in ihre wirkliche Erinnerung einfügen, die längst Verstorbenen – flackernde Gespenster – nicht wieder reanimieren. Sie waren verbrannt. Oder etwa nicht?

Adrian war überlebensgroß. In jedem romantischen Helden tauchte er auf. Er war überall. Es war kein Film, in dem er für Ella nicht auftauchte. Es war ganz so, als würde er existieren, wäre ein Schauspieler, dem man einen Autogrammwunsch schicken konnte. Da überkam Ella wieder diese Angst, die scheißverdammte Angst. Sie warf ein paar Gummibärchen in die Ecke und schrie unterdrückt. Vielleicht hätte sie doch auf die Feier gehen sollen, dachte sie nun, sich verstellen, lachen, trinken, vielleicht mit jemandem rummachen. Vielleicht auch ein paar Drogen. Wieso nicht?

Aber sie hatte das alles so satt und Angst vor dem Absturz, Angst vor dem nächsten Tag, der nächsten Woche, Angst vor den Berührungen, den Gesprächen, dem ganzen Mist, auf den sie eben keine Lust mehr hatte. Vor allem aber Angst vor der verlorenen Energie. Nein, sie blieb zu Hause. Hier fühlte sie sich zwar auch nicht besonders gut, war aber momentan wenigstens stabil. Das Wochenende gehörte ihr und ihrer uralten und zerzausten Decke. Ihrem Sofa. Dem Fernseher. Und ihr selbst.

Aber nicht einmal das gönnte man ihr. Nein, auch hier musste sie Angst haben. Ihr lieber Adrian. Wo war er nur geblieben? Ella schob die Süßigkeiten unter das Bett wie einst ihren Teddy, der längst nicht mehr da war. All die Zeit. Der Metzger Zeit. Sie konnte die Süßigkeiten nicht mehr essen, wollte sie verbannen. Oder vielleicht *jemanden* verbannen? Wieder hatte sie dieses Gefühl. Dieses Schweben. Dass er hinter ihr stand. Dass ihr gleich etwas passierte. Dass es soweit war.

Ella wand sich im Bett, kauerte sich zusammen streckte sich und schrie ins Kissen. Sie passte einfach nicht in ihren Körper. Das war nicht sie. Sie versuchte sich vom Bett abzustützen, machte eine Brücke, um nicht mit dem Bett zu verschmelzen, sich abzugrenzen, irgendwas. Aber es ging nicht. Tiefer und tiefer sank sie in den Horror. Es gab kein Zurück. Die Wände wandelten sich zu Spiegeln, auf denen sie ihre eigene verzerrte Fratze sehen konnte. Das tierische Gesicht der Jahrtausende. Millionenfach. Dieses Gesicht, das sie hasste. Sie lachte sich selbst aus.

„Geht weg!" schrie Ella, aber nichts geschah.

Stille. Die Wände waren blitzblank. Es spiegelte sich nur das Licht in ihnen. Sie waren Tore und Gänge. Manche waren Schwarz. Manche gleißend Weiß. Ein paar Kugeln schwebten im Raum. Silbern. Glänzend. Ella beugte sich und zog sich, sie dehnte und streckte sich, versuchte ihren Körper wieder zurückzugewinnen, sich selbst.

„Ich muss," schrie sie verzweifelt.

Sie konnte sich von oben sehen. Oder sah sie sich oben schweben und lag unten? Vielleicht sah sie ihr Spiegelbild an der Decke, das langsam höher stieg. Oder sah sie ihre versinkende Leiche im Ozean, der in ihre Matratze eingelassen war. Blieb sie unten oder stieg sie mit hoch? Ella schrie. Sie zog sich die Decke über den Kopf, drückte ihre Hände fest um ihren Hals. Es musste aufhören. Sie drückte fester und fester zu, atmete durch die dicken Daunen. Es kam nur wenig Luft, kaum zu spüren. Aber die wenige Luft schien auszureichen.

((((o)))))))))))))))(((((o))

Mit Laura hatte Ella vor nicht allzu langer Zeit Fotos angeschaut. Als sie noch lebte. Laura teilte ihre Kindheitserinnerungen mit ihr, das Mädchen mit dem Plastiktelefon am Ohr aus dem Fotostudio, das Mädchen mit dem Prinzessinnenkleid zu ihrer ersten erinnerten Geburtstagsfeier, das Mädchen mit dem supergroßen Lächeln, das sie für den fotografierenden Papa machen sollte, den funkelnden Augen, wenn sie sich vor dem Weihnachtsbaum in Pose stellte, eine Zukunft, die offen lag, breit und schön. Polaroids im Gras. Im Schwimmbad. Am Meer. Sand. Kindheit und Tod. Licht und Schatten. Dunkelheit. Feuer. Zeit.

Laura hatte Ella Fotos ihres Vaters und ihrer Mutter gezeigt, ihrer Großeltern und vor allem ihres ersten Freundes, den sie wohl sehr geliebt hatte, was sie aber nicht zugab. Ella erzählte Laura allerdings eine andere Geschichte, als diejenige, welche sie wirklich erlebt hatte. Von ihren Adoptiveltern hatte sie noch keinem erzählt, den sie hier kennengelernt hatte. Auch Laura nicht. Ella hatte Angst, dass Laura ihre Tarnung herausbekommen würde, sagen, dass sie lügt, keine echte Freundin und es überhaupt nicht wert ist, dass man sich mit ihr abgab. Denn über allen Fotos von Laura nahm Ella diese Melancholie wahr, die nicht aus Lauras Leben kam, sondern die in Ella lag, ganz tief, ganz roh und schneidend. Das konnte Ella spüren. In ihr war dieses tiefe Dunkel. Ein tosender Neid. Ihre Fotos waren nicht echt. Sie konnten es nicht sein.

In Lauras Lächeln konnte Ella keine Zukunft mehr entdecken. Sie war ein verwöhntes Mädchen, das sich auf dem Boden rollte, wenn es nicht bekam, was es wollte. Sie tanzte dem Vater auf der Nase herum, verschwor sich mit der Mutter und bekam alles, was sie nur wollte. Es war alles gespielt, gar nicht echt, ein schlechter Film.

Bei Ella waren diese Erinnerungen, ob nun auf Zelluloid oder nicht, schon längst verbrannt. Zerbrochen lag ihre Vergangenheit in ihrem Innersten vergraben. Kein Forscher da, der es zu Tage förderte. Sie war es nicht wert. Also musste sie sich verstellen, etwas vorspielen, ein gutes Mädchen sein, das auch lächelte, obwohl es nichts zu Lachen gab. Sie hasste Laura dafür, dass sie so war, wie sie war. Ella brannte, Laura war nur gelangweilt. So war es nämlich in Wirklichkeit.

Also erzählte Ella von Ausflügen, als hätte sie diese wirklich erlebt, von Momenten, in denen sie auf dem Schoss des Vaters gesessen habe, ganz als sei das jemals real gewesen, ein Traum von Geschichte, die Geschichte eines Traums, Geschichten vom Plätzchenbacken mit der Mutter, vom Mehl, das in der Küche schwebte wie Nebel am Kai, all das, was jenseits der Bilder geschehen hätte können. Alles Lügen und Wahn, Schauspiel und Raserei. Trauer und Hass. Ella hasste Laura.

Doch Laura merkte nichts. Ihr gefielen die Geschichten von Ella, die Geschichten von Adrian, den sie gerne einmal gesehen hätte. Sie schien ihn zu mögen. Ella malte ihn in den schönsten Farben. Laura war zu dumm, dass sie nicht dahinter kam. Nichts weiter. Denn Laura fragte nicht viel. Sie war ganz einfach dumm und einfältig. Sie lächelte, streichelte Ella über den Rücken und schwelgte in Wirklichkeit in ihren eigenen egoistischen Erinnerungen an das, was sie tatsächlich als Kindheit erfahren hatte.

Ella spielte das Spiel mit. Ihr Hass spornte sie an. Für sie war es ein Spiel. Es ging um die perfekte Illusion. Sie erzählte von Phantasien und Träumen, die sie als Kind hatte und erzählte sie in barer Münze. Nach einiger Zeit fand sie sogar Gefallen daran. Sie beschloss bald es immer so zu machen. Die Menschen waren dumm. Sie wollten in

Wirklichkeit zum Narren gehalten werden. Das war es Pudels Kern. Man musste eben nicht an sich arbeiten, sondern daran, die perfekte Lüge zu schaffen. Man musste die Lüge leben.

Denn dann, so dachte Ella, wäre sie nämlich auch liebenswert. Vielleicht mochte man sie, wenn sie sich nichts anmerken ließ, das Spiel mitspielte, selbst eine Kindheit zu haben, ganz tief innen, eine Prägung des Jetzt. Ganz so, als seien ihre Eltern wie andere Eltern gewesen. Ganz so, als wäre ihr Vater noch am Leben, ihre Mutter noch bei Verstand. Verstand. Und kein Trugbild, die sie immer dann sah, wenn es ihr unwohl war. Bilder ihrer Mutter. Sonnen. Regen. Der Duft nach Gras. Ihre Mutter. Mit offenem und wallendem Haar. Blond. Wunderschön. Getragen vom Wind. Mit ihrer Katze im Arm. Mit ihrer Tochter. Von der sie jedem erzählte, wie stolz sie auf sie war. Diese verdammte Tochter, die ihr wichtiger war als alles andere auf der Welt. Diese scheiß verdammte Tochter, die sie nicht wollte, von der sie wünschte, sie wäre nie geboren. Diese scheiß verdammte Mutter. Kinder. Väter. Töchter. Söhne. Stechende Augen, ein beschwörender Blick, der einem sagte, dass man eine Schuld auf sich geladen hatte, die nie mehr wiedergutzumachen war. Nein, Ella hatte keine Kindheit.

Laura lehnte sich zurück und atmete erleichtert aus. Ihre Kehle leuchtete golden im abendlichen Dämmerlicht, das ins Zimmer geworfen wurde. Diese Kehle. Dieses Leben. Dieser Hass.

„All die schönen Erinnerungen, nicht wahr?" sagte Laura, „das kann man einem nicht mehr nehmen. Das bleibt für immer."

Für immer, dachte Ella, ja, für immer. Doch nicht mehr lange. Dann wäre Laura tot. Sie wusste es. Es war alles

Staub im Wind. Sie wusste die Zukunft. Sie kannte die Vergangenheit. Es würde nichts mehr so bleiben, wie es war.

(((((o)))))))))))))))(((((o)))

Aber man konnte sich sowieso auf nichts verlassen. Ella irrte durch die Nacht. Die Straßen waren leer. Es war kühl. Sie wusste nicht, wohin sie noch gehen sollte. Die Häuserfluchten führten in die Unendlichkeit. Sie stolperte. Ihr Schuh war an der Seite aufgebrochen. Träumte sie? Sie zog beide Schuhe aus und ging barfuß weiter. Ella tastete sich an den Mauern entlang, versuchte sich an den Spalten zu orientieren, an den Ecken und Kanten.

In einer Seitengasse war Licht. Ella folgte dem Licht. Über einem Eingang leuchteten ein paar Neonröhren. Eine Art Club. Sie hatte Durst. Sie beschloss hier etwas zu trinken. Langsam näherte sie sich. Musik dröhnte aus heraus. Ella ging hinein. Es war niemand, der sie aufhielt. Vorsichtig ging sie weiter, um nicht gleich zu zeigen, dass sie keine Schuhe mehr anhatte. Aber niemand beachtete sie. Sie ging über einen harten Teppich. Es war gut etwas zu spüren. Die Musik wurde lauter. Ella folgte ihr. Sie ging eine Wendeltreppe hinab, bestimmt zwanzig Meter oder mehr.

Endlich unten angekommen öffnete sich der Raum in eine lange und enge Schleuse. Menschen standen an die Wände gedrängt, unterhielten sich unverständlich und laut, tranken, lachten. Manche küssten sich, andere rauchten. Die meisten waren in Trance. Niemand nahm sie wahr. Oder war es Ella, die in Trance war? Dass sie keine Schuhe an hatte, interessierte jedenfalls niemanden.

Bald gelangte Ella ans Ende der Schleuse, über ein paar Erhebungen und Senkungen, vielleicht hundert Meter lang. Bei einem schmalen Durchgang aus Beton öffnete sich eine weite Halle vor ihr, in der getanzt wurde, Licht und Nebel im Zusammenspiel flackerte. Ella betrachtete die pulsierende Menge, ließ sich vom Stroboskoprhythmus mitnehmen, bewegte sich, tanzte, drückte sich in die Menge hinein, an die anderen Körper, roch den Schweiß, fühlte ihn, fühlte Arme, Beine, Hände, Gesichter, Licht, den Nebel.

Ella ließ sich in die Menge fallen, versuchte nicht mehr selbständig zu stehen, wollte sich von den anderen mittreiben lassen, weiternehmen. Sie verlor sich im Rhythmus. Tiefer und immer tiefer ging sie. Weit weg von sich. Sie spürte nichts mehr. Pulsieren. Flackern. Leuchten. Nebel. Körper. Ihr Blick verschwamm. Der Blick musste verschwinden. Dieser verdammte Blick.

Dann ein Schrei. War sie es, die schrie? Waren es die anderen. Ella saß auf dem Boden. Ihr Kleid war nass. Sie fühlte es. Sie schmeckte Blut. Es war eisern. Sie musste an Blut denken. Vor ihr standen Menschen. Sie sahen sie an. Jeder sah sie an. Waren es Kinder? Sie wusste nicht mehr, welchen Bildern sie trauen konnte. Sie kam sich vor wie in einem Kino. Einem Theater.

Ella saß auf der Bühne und versuchte das Blut von ihren Händen zu bekommen. Es waren Kinder. Ella war sich nun sicher. Sie sahen ihr zu. Sie waren gespannt. Sie musste ihnen etwas zeigen. Kinder waren böse. Sie musste ihnen zeigen, dass es nicht ihr Blut war. Sie musste es ihnen zeigen. Die Kinder verschwammen aber langsam vor ihrem Blick. Dieser Blick. Eine Erschütterung verzerrte sie. Ging nun die Welt unter? War es soweit? Die Kinder waren wie auseinandergerissen. Nicht mehr hier, nicht mehr dort. Oder war es Ella?

„Geht weg," schrie sie, „geht weg."

Sie versuchte dieses Blut loszuwerden. Es haftete an ihr. Sie kam nicht dagegen an. In der hintersten Reihe konnte sie jemanden erkennen. Es war ihre Mutter.

„Mama?"

Doch sie rührte sich nicht. Zweifellos, es war ihre Mutter. Aber sie war noch ein Kind. Sie sah aus wie auf den Fotos aus ihrer Kindheit, die Ella von ihr kannte und die sie gar nicht mit ihrer Mutter in Verbindung bringen konnte, aus einem anderen Leben, in einer anderen Zeit, längst vergangen, verschwommen im Nebel, den wir die Erinnerung nennen. Zumindest die richtige Richtung.

„Mama," schrie Ella.

Sie stieg über die Kinder hinweg, wühlte sich durch das Meer, bis nichts mehr zu erkennen war, eine letzte Brücke unter ihren Füßen zusammenstürzte und Ella mit ihr ins Nichts stürzte, unendliches schwarzes Nichts, unendliches Fallen, unendliche Ewigkeit. Tod.

Nach einer Weile konnte Ella im hell erleuchteten Licht des Clubs erkennen, wie sich jemand über sie beugte und ihr half. Ella wünschte sich nichts mehr als jemanden, der sie erkannte, der wusste, was mit ihr los war, der erraten würde, was mit ihr nicht stimmte. Es musste doch irgendjemanden geben, der sich um sie kümmerte. Das musste es doch geben?

(((((((oo))))))))))))))) (((((o))))(((((o)))))

Woanders, zu einer anderen Zeit, fand man Ellas Mutter in der Klinik. Sie hatte etwas gehört, wurde aus dem Schlaf aufgeschreckt. Es war beängstigend. Sie stand auf. Ihr Nachthemd leuchtete. Sie wusste, dass man sie kannte. Jemand rief nach ihr. Sie stand auf und schlich vorsichtig zur Tür, traute sich bald in den Flur. Dann ins Treppenhaus, wo sie die Stufen langsam hochging, die knarzend nachgaben. Hoffentlich würde sie niemand erwischen. Sie wusste, dass sie etwas Verbotenes tat. Aber man kannte sie.

Oben angekommen stand die Tür zur Terrasse offen. Sie ging nach draußen. Wie lange war sie nicht mehr im Mondschein auf dem Dach. Sie fühlte sich wohlig im Mondlicht. Sie begann sich zu drehen und tanzte ein wenig. Angst hatte sie keine. Man kannte sie ja. Sie stieg auf das Geländer und sah hinab. Der Garten war schwarz. Hinter der Mauer leuchteten die Lichter. Die Sterne glänzten, riefen sie zu sich.

„Komm zu uns," riefen sie, „sei unser Kind."

Sie hob ihre Arme gen Himmel und wollte fliegen. Endlich frei sein. Ja, man kannte sie. Doch bevor sie fliegen konnte, packten sie starke Arme, zogen sie zu sich und ein Messer durchtrennte mit einem langen Schnitt ihre Kehle. Ein Schwall von Blut tauchte ihr weißes Nachthemd in tiefes und schweres Rot. Das konnte sie noch sehen. Dunkel war es. Dunkel und tief. Bald stürzte sie in die Tiefe. Sie konnte sich nicht mehr halten. Zum Glück kannte man sie. Da oben. Am Asphalt zerschellte ihr Kopf, der zuerst aufgetroffen war wie eine Melone, die vom Stand fällt. Hirn und Blut. Tausend Kerne. Schädelsplitter. Haar. Stoff. Und immer wieder Hirnmasse.

Oben stand die Gestalt. Das Messer blitzte. Der Atem drang durch die Nase. Schnell. Das Herz raste. Es war lebendig. In Aufruhr. Langsam ging sie. Sie hatte keine Eile mehr. Es war vollbracht. Draußen lief sie eine Weile, ließ das Messer in einen Fluss fallen. Hatte es vorher gut abgeputzt. Die Taschentücher landeten ebenfalls im Fluss.

Die Gestalt bestäubte sich mit Parfum, zog eine Kapuze über und ging nun gemächlicher in Richtung Stadt, die nach und nach belebter wurde. Sie kam an einen großen Platz. Da war ein Taxistand. Sie konnte eine junge Frau erkennen, die sich ein Taxi nahm. Langsam näherte sich die Gestalt. Sie stieg auch in ein Taxi. Es begann zu regnen. Der Fahrer war in ein Telefongespräch vertieft. Im Fenster spiegelte sich ein weiteres Gesicht, das sie kannte, kaum erkennbar, aber vertraut.

Der Taxifahrer wiederholte die Adresse und nahm die Gestalt mit Kapuze nicht weiter wahr. Fahrgast war meist Fahrgast. Der Regen wurde schlimmer. Im Fenster konnte sie weitere Gesichter sehen. Gesichter, die auf dem Kopf standen. Sie lehnte sich an das Fenster, spürte die Kälte, fast so, als würde der Regen mit ihr kommunizieren. Straßenlaternen tauchten alles in einen gelbroten Schimmer. Es gab auch Blau und Grün. Das Taxi fuhr auf der richtigen Strecke. Es wusste nicht wohin und wusste doch, wo das Ziel sein würde. Immer wieder neu und doch anders.

((((((((o)(o)))))))))))) (((((o)))((((o)))))

Als Ella erwachte, fühlte sie sich seit langer Zeit wieder einmal gut. Sie fand sich in einem Bett, was auch nicht schlecht war. Das Zimmer war neutral und leer. Wenn sie aus dem Fenster schaute konnte sie ein paar Bäume erkennen. Wo war sie? Nach einer Weile kam eine Krankenschwester herein. Das erklärte natürlich einiges. Sie brachte ihr etwas zu essen. Doch Ella konnte nicht reden. Sie wollte etwas sagen, aber aus ihrer Kehle kam kein Laut, der überhaupt hätte bei ihren Lippen ankommen können. Dann wollte sie aufstehen, aber auch das gelang ihr nicht. Sie wollte den Arm heben und konnte nicht einmal das.

Später kamen Ärzte, ein paar Freundinnen aus der Akademie und ein Pfarrer. Auch Egge war da. Wiederholt. Er setzte sich immer auf den Stuhl vor ihrem Bett und schaute sie lange an. Ella aber konnte nichts sagen. Sie wollte ja. Aber es war so, als ob ihr jede Bewegung abhandengekommen war. Nur ihr Blick funktionierte. Sehen konnte sie. Atmen konnte sie. Ihr Herz schlug. Immerhin. Ansonsten ging es ihr nämlich ganz gut. Wie gesagt.

Ella hatte auch kein Idee wie sie ihren Zustand hätte ändern sollen. Sprechen. Etwas sagen. Ein Laut. Ein Flüstern. Den Arm heben. Wenigstens mit den Zehen wackeln. Und immer Egge am Fußende des Betts. Schon fast etwas seltsam. Egge saß einfach da und musterte sie. Einmal lächelte er sogar. Was der sich wohl dachte? Ganz normal war der auch nicht. Leicht pervers vielleicht.

Ab und zu brachte sie eine Krankenschwester in den Park. Es war sonnig. Ein leichter Wind blies. Sie hörte nichts. Erst nach einigen Wochen merkte Ella, dass sie auch nichts hörte. Seltsam war das. Wie konnte ihr das nicht aufgefallen sein? Sie hatte doch so viel Besuch. Langsam wurde es ihr wirklich unheimlich.

Wenigstens konnte Ella spüren, dachte sie sich. Und denken. Immerhin. Das war klar. Ohne Zweifel. Wenn etwas klar war, dann war es doch auch klar? Ella begann bald eine Art inneres Gespräch mit sich selbst. In der Art eines anwesenden Zweiten. Vielleicht Adrian. Wieso eigentlich nicht? Gut, dachte sie, ich unterhalte mich jetzt einfach mit Adrian. Denn auch das eigene Denken, das Alleindenken, die lockeren Gedanken waren irgendwie weg.

Also versuchte Ella zu denken, wie es wäre, wenn sie sich mit Adrian unterhält und er ihr antwortet, als sei es nicht sie selbst, sondern er. Es war nicht einfach. Aber bald kamen die Worte. Am Anfang begrüßte sie sich mit Adrians Stimme im Kopf, wenn sie aufwachte.

„Hallo Ella," sagte Adrian dann in ihr, „geht es dir gut?"

„Danke," sagte sie dann als sie selbst, „ich kann nicht klagen."

Anfangs lächelte sie innerlich darüber, merkte aber, dass Adrian immer eigenständiger wurde, je ernster sie ihr inneres Gespräch nahm. Bald schon begannen kleine Dialoge.

„Dieser Egge nervt," sagte Adrian-Ella, „der ist doch nicht normal."

„Was der bloß will," sagte Ella-Adrian.

„Keine Ahnung. Dem ist langweilig."

„Kann sein. Und wie der aussieht."

„Ich versteh das nicht."

„Ich auch nicht."

Es waren kleine Sätze, die sie mit sich im Kopf austauschte. Leider endeten sie oft schnell, ohne dass sie etwas dagegen tun konnte. Die Antworten wollten eben nicht so, wie sie es wollte. Die Zeit verging manchmal einfach viel zu langsam. Dann wartete und wartete man. Und nichts passierte.

Aber Ella ließ sich nicht entmutigen. Es ging voran. Langsam, aber stet. Die Besuche von Egge wurden weniger.

„Das muss ja auch noch zu rechtfertigen sein."

„Genau, der kann mich doch nicht einfach besuchen."

„Du bist ja nicht seine Tochter."

„Oder Geliebte."

„Nein."

Egge selbst hätte Ella gerne weiterhin gesehen. Aber er blieb nach seinen irgendwann fast täglich stattfindenden Besuchen erst einmal verschwunden. Ella war es egal. Adrian auch. Im Park konzentrierte sich Ella darauf, etwas zu hören. Bald funktionierte es. Dabei war Adrian der, der sowieso schon längst hörte und sich auch bewegen konnte. Ein besserer Zwilling eben. Aber nach einer Weile hörte auch Ella ein gewisses Rauschen.

„Hörst du es jetzt?"

„Ja, ein bisschen."

„Streng dich an, du musst dich konzentrieren."

„Ich versuchs."

Stimmen, die in der Ferne lagen. Stimmen. Ja, sie konnte tatsächlich Stimmen ausmachen. Adrians innere Adrian-Stimme half Ella-Adrian sich zu erinnern. Bald konnte sie wieder hören. Ein wenig. Ein Anfang. Es war dumpf, aber es ging. Dann geschah die Sensation. Sie konnte kleine Worte artikulieren. Gehaucht und leise.

„Hallo," kaum hörbar.

„Danke," kaum da.

Es ging. Selbst ihre Bewegungsfähigkeit kam zurück. Es wurde wieder leichter. Schneller und schneller. Bald ging sie allein in den Park. Eine Spinne seilte sich vor ihrer Nase herab. Es kitzelte. Das Netz klebte. Ella hob ihre Hand und ließ die Spinne auf ihr krabbeln.

Dann stand eines Tages die Leiterin der Akademie vor ihr. Weshalb auch immer, an ihrer Seite war eine sehr alte Frau, die Ella von den Gemälden in der Festhalle kannte. Warum auch immer, sie besuchten Ella. Sie konnte es nicht verstehen. Vielleicht wollten sie sie loswerden. Sie bekam es mit der Angst. Auch Adrian war sehr kritisch.

„Ella," sagte die Leiterin, „mein Liebes. Das ist Madame Arrière. Sie möchte dich kennen lernen."

Ella blickte die Leiterin mit großen Augen an und dann betrachtete sie die alte Dame. Ihre blauen Augen. Die Iris.

„Pass auf," sagte Adrian, „pass auf!"

„Ich lasse euch nun allein, mein Liebes," sagte die Leiterin, „mach dir keine Sorgen, wir werden uns um dich kümmern. Du bist doch unser Goldschatz."

Mit diesen Worten ging sie fort. Die Dame stand vor ihr und verzog keine Miene. Ihre Hände waren gefaltet, alt und runzlig, wie Knochen. Ihr schneeweißes Haar war zu einem Dutt streng nach oben gerichtet.

„Gggguten Tag," stammelte Ella unsicher und mit großer Mühe.

„Gggguten Tag," äffte Adrian sie in ihr nach und wurde immer zorniger.

Die Dame betrachtete sie lange und lächelte schließlich kaum merklich. Aber sie lächelte. Nach einer langen Weile setzte sie sich neben Ella, nahm ihre beiden Hände in ihre und legte sie in ihren Schoss. Ella verspürte eine Wärme, die ihr durch Mark und Bein ging. Adrian begann in ihr zu schreien. Er wollte etwas sagen, aber er konnte nicht. Mit einem Ruck fühlte Ella das Leben wieder vollständig in ihren Körper zurücksteigen. Oder etwas aus ihm heraussteigen? Die Erinnerungen, all das, was verschüttet lag. Weit hinter dem Horizont ihres Bewusstseins.

„Goodbye, Adrian," dachte sie.

„Nenn mich Heloise, mein Kind," sagte die Frau, „ich werde mich jetzt um dich kümmern. Es ist eine Schande, dass sich nie jemand um dich gekümmert hat."

Ella sah ihr in die Augen und begann zu weinen. Diese blauen Augen. Heloise sah sie an. Ein Blick. Die Iris. Ja, sie schaute ihr in die Augen und streichelte ihr sanft über die Handrücken. Ihre Haut fühlte sich wie Pergament an, die Fingernägel scharf wie Papier. Aber es war schön.

„Sieh," sagte sie zu ihr, während Adrian in ihr nun völlig verstummte, erlischte, „dort am Horizont. Das bist du."

Ella sah etwas ungläubig gen Horizont und lächelte, ganz so, als würde sie auf einen kleinen Spaß eingehen. Über den Park hinweg verteilt liefen ein paar Menschen. Ein Mann mit Anzug und Aktenkoffer. Drei Mädchen sprangen einem Hund hinterher. Ein Liebespaar hielt sich an den Händen. Ein Jogger. Ein Radfahrer. Viele, die einfach nur spazierten, Kopfhörer trugen, in ihre Smartphones schauten, sich unterhielten. Eine Frau pfiff.

Der Wind stieg in das Laub der Baumkronen, die bedrohlich wogten. Sie flüsterten etwas. Es klang wie Adrian. Aber nein, Ella musste sich täuschen. Die Hausreihen lagen still und ruhig, sicher und teuer. Hinter dem Turm einer größeren Kirche waren wieder Bäume. Wieder dieses Rauschen. Diese Bäume. Es war unheimlich. Sie klangen wirklich nach Adrian. Oder klang Adrian immer nur nach ihnen?

Je länger Ella in die Ferne schaute, desto mehr wurde ihr bewusst, was sie da wirklich sah. Hinter den Schleiern, den Kulissen und Vorhängen. Am Horizont zeichnete sich in Wirklichkeit ein schwarzes Ungetüm ab. Nach und nach wurde es für Ella sichtbar. Seine Umrisse. Seine Gestalt. Ein massiver Korpus hob sich da gen Himmel, der voller

Löcher war und dunkelblau leuchtete. Behaart und schwarz. Aus ihm wuchsen Tentakel hervor, die sich überallhin ausbreiteten, riesige Fangarme aus einer anderen Welt. Oder vielmehr Beine. Spinnenbeine. Der Riss in der Welt wurde sichtbar. Eine riesige Spinne krabbelte über der Stadt. Imposant und behäbig.

Ella sah voller Furcht auf Heloise und wollte sich aus ihrem Griff befreien. Diese aber drehte ihr den Kopf wieder gen Spinne.

„Hab keine Angst," flüsterte sie, „du wirst bald verstehen."

((((((((o))((o)))))))))))) (((((o))))(((((o))))))

Die folgenden Wochen waren für Ella, wie noch nichts zuvor. Fort der Traum. Ella ließ sich von Heloise leiten und ausbilden. Heloise weihte sie in die Geheimnisse des Tanzens und des Schauspiels ein. Sie brachte sie in die unbeugsame Realität. Ella hatte noch nie so viel Realität gespürt, soviel Körper und so viel Leben. Sie brauchte nichts sonst. Ein bisschen Wasser, ein Stück Brot. Das reichte völlig.

Heloise wurde für sie zu einem Vorbild. Sie bewunderte sie mit allem, was in ihr war. Sie liebte sie. Heloises Leben war so erfüllt, so reich an allem, was sie sonst nur aus Geschichten kannte, wenn überhaupt. Und selbst wenn es nur Geschichten waren, dann waren es andere Geschichten.

„Erzähle andere Geschichten, Ella," sagte Heloise, „es ist nicht alles grau."

„Aber wie?" fragte Ella.

„Erzählt euch andere Geschichten," sagte Heloise, „nicht mehr, aber auch nicht weniger."

Heloise erzählte von ihren Begegnungen mit großen Künstlern, vom Theater, der Oper und dem Ballett. Sie erzählte Anekdoten vom Kontakt mit großen Ärzten, Schriftstellern und Malern, scheinbar über die Jahrhunderte hinweg.

Heloise Arrière war eine Frau mit tausend Gesichtern, eine Frau von Welt. So war zumindest ihre Geschichte, der Ella Glauben schenkte, die sie faszinierte. Schon früh wurde Heloise von ihren Eltern, einem französischen Generalkonsul und Neffen des englischen Königs zu einer Zarenfamilie nach Russland geschickt, wo sie eine allumfassende Ausbildung für höhere Töchter erhielt. Ihre Familie hatte Kontakte auf der ganzen Welt. Nach Amerika, nach China, selbst zur Terra Australis, wie sie sagte.

Heloise war ständig auf Reisen, ständig kam sie unter bei Menschen, die Ella nicht einmal aus Geschichten kannte. Angefangen beim antiken griechischen Adel, über den sogenannten Schwarzen Adel Roms, der in direkter Abstammung vom Papst sein sollte, zogen sich die Erzählungen und Verbindungen von Heloise über die Jahrhunderte.

Heloise erzählte Geschichten aus dem Hundertjährigen Krieg und den wahren Kämpfen der Jeanne D'Arc, vom Baron von Rais und schrecklichen Gräueln. Toten Kindern. Geschändeten Leibern. Gliedmaßen. Horror. Angst. Ihre Geschichten woben sich ein in ein Epos aus Morden und Wahnsinn.

Doch Heloise blieb immer in der Realität. Sie machte Ella klar, dass dies alles ein Fundus, den sie sich angeeignet hatte, der in ihr war und der über ihre Kunst nach Außen getragen würde. Das wäre in Wahrheit die Kunst an sich. Ella sollte sich ihrer Phantasie hingeben und sie für bare Münze nehmen. Dies wäre erst die wahre Realität. Das wäre Gefühl. Das erst wäre Ella selbst, wenn sie es denn schaffte.

Ella folgte ihrer Lehrmeisterin also hin, wo sie wollte. Sie fabulierte und erzählte, als gäbe es Abermillionen von Geschichten, die alle ineinandergriffen, als wäre die Geschichte der Welt selbst nur die Idee einer einzelnen Erzählerin, von der wieder nur erzählt wurde von einer anderen Erzählerin, vom Mund, aus dem sie alle kamen. Es gab kein Ende. Welt ohne Ende. Geschichten ohne Ende. Schrecken und Liebe. Hass und Raserei.

Dabei legte Heloise großen Wert auf die dunklen Kapitel der Geschichte, die ewigen Abgründe, wie sie es nannte, der Geschichte der Welt und des Geistes. So schwärmte Heloise dort von einer gewissen Elisabeth Báthory, die sich im Blut junger Frauen badete, hier von Vlad Drâculea, den sie mit einer hypnotischen Bewunderung verehren zu schien, als wäre sie eine seiner Elevinnen. Heloise steigerte sich so sehr in diese Erzählungen hinein, dass Ella fast meinte, dass Heloise wirklich dabei war, eine Vampirin, eine Zauberin, eine Hexe, die vom Anfang der Welt, verstoßen vom Himmel durch die Zeiten wütete.

Bald fühlte sich Ella in Heloises Gegenwart wieder fremdbestimmt. Diese Realität war zwar noch vorhanden, aber sie wurde dunkler und ernster. Vielleicht fand Ella das auch ganz gut. Das konnte sie zu Beginn noch nicht entscheiden. Vielleicht aber war genau das notwendig. Also ließ Ella sich von Heloise lenken und steuern, stand auf dem Parkett wie ein Holzpüppchen, das in einer Spieluhr seine Runden drehte. Glied für Glied. Schritt für Schritt. Atemzug um Atemzug.

In der Nacht aber im Bett fühlte Ella sich wieder ganz aus dem Innen heraus, so wie nie in ihrem Leben, ganz sie selbst, eine Frau, ein Körper, ein Leben, eine Seele, so wie sie sich noch nie gefühlt hatte. Heloise holte etwas aus Ella, das sie nicht kannte. Sie würde ihr bis ans Ende folgen. Heloise ließ sie mit etwas in ihr Kontakt aufnehmen, etwas in ihr Besitz aufnehmen, das ihr gehörte. Ja, das war sie. Es musste so sein. Das war wirklich sie.

Manchmal drehten sich die beiden stundenlang wie Derwische im Kreis, füllten den Raum, der sich für sie öffnete, den Bildern der Phantasie einen weiten und neuen Ort gab, einen anderen Ort. Heloise war dabei wie eine junge Frau, die in der Blüte ihres Lebens stand. Und Ella folgte ihr. Es öffneten sich Landschaften, weit und satt, Landschaften mit Feldern und Seen, Gebirgsmassive und Wüsten, Krater und moosbehangene Gärten, Vulkane und Inseln.

Ella hatte sich nun vollkommen in den Bannkreis dieser Frau eingearbeitet. Heloise war wirklich aus einer anderen Zeit. Sie hatte dieses ihr eigene Leben gelebt. Das stand fest. Sie hatte die Schrecken des Zwanzigsten Jahrhunderts am eigenen Leib erfahren und war doch noch am Leben. Ella konnte nicht glauben, wie alt sie war. Und doch, oder gerade deswegen, kam sie ihr viel jünger vor. Sie war wie ein Kind, das sich jeden Augenblick zu eigen machte, jede Sekunde mit einem ausgelassenen Lächeln quittierte, als würde sie das Leben erst lernen, annehmen zu leben.

Die Berührungen von Heloise gingen ganz tief. Ella hatte keine Angst mehr. Sie fand nicht mehr zu ihrem alten Ich zurück, das musste und sollte sie auch nicht, sondern sie erkundete endlich ihr ureigenes Selbst, das, was sie war. Nichts anderes. All das, was einst war, all der Schmerz und die Trauer, all die Verstrickungen in ihrer kleinen und unwichtigen Familiengeschichte verschwanden plötzlich. Fleisch und Blut.

Die Türen des Theaters, des antiken Dramas gingen weit auf. Thespis stand mit seinem Wagen da. Aus ihm entstiegen Figuren und Tragödien, die aus einer ganz weit innen liegenden Zeit kamen, zu einer Zeit, als es noch Geister gab, imaginäre Gefährten, die keine Vorstellungen waren, sondern real. Leiber, sich begegnende Blicke. Ja, dieser verdammte Blick. Er war nie real. Es gab nur Blicke. Ohne den Blick des Anderen, gab es keinen Blick. So war es.

Heloise nahm sie immer weiter mit, so dass Ella schließlich mehr und mehr zu dieser Spinne wurde, damals am Horizont, im Park, der Klinik, von der ihr Heloise prophezeit hatte, dass sie es selbst sei. Ja, Ella war eine Spinne, die von Heloise über ihre Schultern gehoben wurde, um endlich zu fliegen. Die Fäden waren gekappt. Das letzte Kapitel in der Geschichte der Menscheit. Es war nicht mehr das Gliederpüppchen. Sie war ein Körper, ein Innen, das sich nicht länger vom Außen verängstigen und einengen ließ. Dies war die unbeugsame Realität. Ella war der Kern, der Faden, der das Netz in der Welt webte. Sie war nicht mehr allein. Sie war sie selbst.

((((((((((o))((o)))))))))))o(((((o)))))(((((o)))))

Eines Nachts träumte Ella von einem kleinen und dunklen Raum. Eine winzige Bühne war darin eingelassen. In der Mitte der Decke war ein kunstvoll gewundenes Fenster. Ein Netz aus dunklem Glas. Ella stand da und hatte ein weißes Kleid an. Ihr dunkles Haar wallte weit über ihre Schultern. Sie wollte aus sich ausbrechen. Aus diesem Körper. Diese Seele: Gefängnis des Körpers. Es war fast ein Orgasmus. Heloise stand hinter ihr. Sie hob sie hoch. Oder nein, vielmehr schwebten die beiden einige Millimeter über dem Boden.

„Komm mit," flüsterte Heloise Ella ins Ohr, „komm mit mit mir. Komm mit."

„Wohin?"

„In die Dunkelheit."

Ella legte ihren Kopf auf die Schultern von Heloise. Sie drehten sich wie ein Uhrwerk, langsam und genau, stiegen etwas höher. Noch ein bisschen. Dann sah Ella in ihre Augen. Ihren Blick. Hinter ihren Pupillen gähnte ein schwarzes Loch. Der Blick. Unendlichkeit. Ewigkeit. Es war kaum zu beschreiben. Es war wunderschön.

Dann fiel Ella. Der Raum hatte sich geöffnet und sie fiel in die Leere. Sie fiel und fiel. Wie in einen Trichter wurde sie hinabgezogen. Eine Spirale. Ein Strudel. Es gab keinen Halt. Doch Ella ließ es geschehen. Sie wusste, dass sie träumte. Also wartete sie ab und genoss. Dieses Genießen. Endlich dieses Begehren. Durst. Blut.

Sie fiel weiter. Fiel und fiel. Es hatte kein Ende. Fall ohne Ende. Fallen. Lust. Und immer war Nacht. Tiefe, tiefe Nacht. Dunkelheit. Durst. Sie fiel. Ins tiefe Herz der Dunkelheit. Sie hatte keine Angst. Der Tod war fern. Und doch. Der Tod machte ihr keine Angst mehr. Denn sie war fern. Nichts konnte ihr mehr etwas anhaben. Sie fiel und fiel. Blut. Verlangen.

Irgendwann erschien hinter ihr wieder Heloise. Neben ihr waren andere Frauen. Sie waren alle nackt. Wunderschön. Weiblich. Rein. Auch Ella bemerkte jetzt, dass sie nackt war. Fiel sie noch oder stieg sie schon? Sie stieg. Sie ließ es einfach geschehen. Sie stieg und stieg. Es gab kein Zurück mehr. Nichts würde mehr sein, wie es einst war. Es gab und sollte kein Zurück mehr geben. Ewiges Blut.

(((((((((o)(o)))))))))o((((o))))(((o)))))

Ella erwachte. Wieder hatte sie die Hände fest in die Matratze gegraben. Wieder fühlte sie diesen Schreck. Doch diesmal war etwas anders. Das Schwarz war einem strahlenden Weiß gewichen. Vor ihr lag eine Idee, gleich einem unbeschriebenen Papier, hell und glänzend, bereit mit einer Schrift versehen zu werden, die nur zu ihr gehörte. Denn aus der Vorstellung wurde Realität. Sie wusste, dass sie die Stunden nicht mehr zu zählen brauchte, denn sie waren da. Ihre Zeit lag vor ihr wie ein weites Band, auf dem sie auf allen Seiten entlang gehen konnte, die Richtung ändern, es zerschneiden, neu zusammenkleben und gestalten.

Mit einem Mal war alles ganz klar. Klarheit. Ella stand auf, nahm sich ihre Haare aus dem Nacken und legte sie über ihre Brust. Ihre Haare mussten in der letzten Zeit gewachsen sein, ohne dass sie es wirklich bemerkt hatte. Sie hatte keinen Wert mehr auf ihr Aussehen gelegt. Und doch war sie schöner als je zuvor. Sie war endlich sie selbst.

Ella schaute aus dem Fenster, dann auf das Fenster, auf dem sich ihr Abbild deutlich spiegelte, eine wunderschöne Frau, die endlich die Hoffnung hatte, zu wissen, wer sie war und sein konnte. Nichts lag mehr in der Schwere der Vergangenheit verschüttet. Alles war ausgegraben, geborgen und lag offen und frei vor ihrem inneren Auge. Sie musste sich keiner Bestimmung hingeben, sondern konnte mutigen Schrittes weitergehen. Verschwunden die Gespenster des ewigen Gestern. Die Schimären der Vergangenheit. Es war nicht weiter wichtig. Wichtig war das Hier und Jetzt. Und alles, was da noch kommen würde.

((((((((ooo))))))))

Die folgenden Wochen waren Bilder einer vollen Gegenwart. Ella nutzte ihre Tage und auch ihre Nächte, in denen sie sich ausruhte und ihren Träumen hingab, die auf einmal so einladend waren. Keine Angst mehr. Heloise war tagsüber zu ihr wie eine Lehrmeisterin, eine Dirigentin, die sie diktierte, ihr half sich in ihren Körper wie in einen Handschuh einzugreifen, ihr Innerstes zum ersten Mal in ihrem Leben in Besitz zu nehmen. Dieser Körper. Ein Ort der Lust und des Schmerzes. Ein Ort des Prickelns und des Fallens. Tief war er. Schwer. Dieser Körper.

Heloise ermöglichte es Ella sich völlig hinzugeben und einzulassen. Die kosmische Schwere erdrückte sie nicht mehr, sondern gehörte zu ihr, war auch ein Teil ihrer Selbst, ihrer Geschichte und der Geschichte des Lebens. Sie konnte sich gegen diese Schwere anheben, ihr etwas entgegensetzen. Ella bewegte sich im Cro-Magnon, heraus aus der Kälte, verwickelt und verstrickt und ging über ins Holozän, gab sich der Wärme ihrer Zellen hin, der Dynamik und Beweglichkeit, der Inkraftnahme, die sie beherrschen konnte und musste. Bald war sie im Anthropozän, endlich neu, endlich dort, wo sie selbst sein konnte. Befreit vom Ballast der falschen Geschichten und schwebend über dem Möglichkeitsraum des Realen. Und dem, was immer da auch auf sie zukommen würde. Bald.

Denn des Nachts träumte Ella von Heloise, jede Nacht, wie sie sich mit ihr über die Lüfte erhob, die Erdzeitalter durchflog, kristallin, durch Kalk und Granit. Das goldene Zeitalter. Kristall. Diamant. Der Berg. Aufgehoben im Geröll, das gegeneinanderstieß. Tektonisch und tief. Im Mittelpunkt der Welt. Ein Feuerball. Eine Feuerwalze. Ganz tief ins Blau, das in ihnen war, wie eine sich selbst verschlingende Schlange, die sich häutet und wieder aus sich heraussteigt.

Es gab keine Regeln mehr. Alles war erlaubt. Nichts wahr. Denn wenn Gott tot war, konnte man Seiner Herrlichkeit dienen. Dem Erdverschlinger. Dem kosmischen Irrstern, der sich ins Dunkel wirft. Denn für Ihn war nichts unmöglich, nichts verboten. Es gab keine Grenzen. Nur den Horizont. Das All. Schwarze Felder. Löcher und Strudel. Sterne und Zwerge.

Wie Alice bewegte sich Ella an der Seite ihrer Meisterin durch die Gedanken und Ideen des Lebendigen. Denn sie war nicht tot. Nichts würde jemals sterben. Sie war nicht verdammt, sondern aufgehoben in der Herrlichkeit Seiner Anarchie. Nur durch sein Zweifeln konnte auch Ella ihre Ketten durchbrechen. Sie wurde ihm ergeben. Heloise war es schon lange. Es gab keine Trauer mehr, sondern nur noch ein fortschreitendes Fest.

(((((((ooo)))))))ooooo

Heloise zeigte Ella die Lust des Fleisches. Sie zeigte ihr die Wonne des Schmerzes und der Verzückung. Seite an Seite mit ihr stürzte Ella in die Nacht. Durch Clubs und Bars tingelte sie, traf sich an geheimen Orten, wo der Körper ein volles Genital war. Heloise ihre Meisterin mit den zwei Genitalen. Ella gab sich ihrer Lust hin. Sie schmeckte die Münder von Männern und Frauen, vermischte ihre Körperflüssigkeiten, wurde eins mit ihnen. Heloise band sie an ihren Extremitäten fest und peitschte sie liebevoll mit einer Reitgerte, strich sanft über ihren Nabel, um wieder mit einer irren Geschwindigkeit in ihre Achsel zu schnalzen.

Ella genoss die Schreie. Das Zusammenziehen ihrer Muskeln. Den Schmerz. Ja, sie wollte den Schmerz spüren. Er war schon immer da. Schon ganz früh. Jetzt wusste sie, woher er kam. Er kam von IHM. Aber Ella wollte sich befreien. Sie ließ die Fesseln los. Sie war nicht mehr allein. Heloise verhalf ihr zu ihrem Recht und ihrem eigenen Schmerz, ein Schmerz, der aus ihr kam und keine Penetration. Ein sanfter Schlag und eine innere Explosion. Kein Pfahl und ein Riss. Nein, Ella ließ alles hinter sich. Ihr Vater musste Ihm weichen. Ihrem neuen Vater. Ihrem Bräutigam und Liebhaber. Er war es, der Ella in seinen Schoss aufnahm. Kein Zauberer, sondern der endgültige Zweifler. Der Frevler und Häretiker. Für alle Zeit die sanfte und gute Ketzerei. Die Revolution gegen den Faschismus.

Ja, Ella wurde endlich bewusst. Endlich überzeugt ging sie nun gleichwertig neben ihrer Lehrmeisterin. Sie war schon bald am Ziel. Ella sah die Schwärze des Spiegels leuchten. War es zu Anfang das gütige und verschmitzte Lächeln von Heloise, ihre in Falten eingekerbte Geschichte der Jahrhunderte, so verschwand sie immer mehr vor der schwarzen Fläche, dem absorbierenden Loch ihrer eigenen Geschichte. Ella musste nicht mehr länger warten. Sie war bereit.

Der rote Vorhang im Hintergrund fing den goldgewirkten Spiegel ganz ein. Sturmböen kündigten von ihrer Niederkunft. Das unendliche Schwarz wurde zu einer Oberfläche. Es spiegelte noch nicht.

Heloise half Ella aus ihrem Hemd. Sie streichelte über ihren Rücken. Nackt wie Er sie schuf ging Ella langsam zum Spiegel. Jede ihrer Bewegungen war von einer Klarheit, die kein Zurück kannte. Ella streckte ihren Arm gen Spiegel. Das Schwarz zog konzentrische Kreise vor ihrer Berührung. Ella war magnetisch. Der Sturm brach los, ein

Ausbruch. Ellas Haar hob gen Himmel. Der rote Samt umwob sie wie ein Oktopus.

Es war Cthulu. Er wob Ella ein wie einst Mutter Maria. Ella steckte ihre Fingerspitze in das Schwarz des Spiegels. Das Schwarz wich vor ihrer Berührung. Ein Glitzern begann sich dahinter zu erheben und sie hinab zu ziehen. Endlich ein Spiegel. Ella sah ihr Gesicht. Es war ihr Gesicht. Sie sprang hinein. Ließ sich von Cthulus unendlicher Liebe absorbieren. Der Horror des Guten wich einem Glück, das sie nicht zu beschreiben brauchte, sondern das sie selbst war.

(((((( ))))))

Ein Beginn. Ein Neubeginn. Levana an Ellas Seite. Ein Traum. Jenseits des Spiegels. Aus dem Schwarz erwachsen Schemen. Der Tod. Das ewige Nichts. Aber ein Beginn. Ein Mädchen sinnt am Ufer eines Sees. Sie streicht mit der Hand über die Wasseroberfläche. Libellen surren über der Firnis. Es ist heiß. Das Mädchen betrachtet sich im Wasser. Sie sieht ihr Spiegelbild. Erkennt sie sich?

Stumm lässt sich Ella von Levana näher zu dem Mädchen führen. Sie stehen dicht neben ihr. Sie riecht nach frischem Heu. Ihr Haar ist fest zusammengebunden. Wer ist das Mädchen? Über dem See ruft eine Stimme.

„He!"

Ella kann nicht erkennen, wer da steht. Das Mädchen aber kennt die Stimme. Sie steht auf und schlendert gen Wald. Ella und Levana folgen ihr. Wie ein Kind bewegt sie sich durch die dichten Stämme. Der Boden ist feucht und moosig. Ein Geheul kommt aus weiter Ferne. Das Mädchen blickt um sich. Sie fröstelt ein bisschen. Ihr zartes weißes Kleid ist viel zu dünn.

Es wird Nacht. Ganz schnell steigt die Dunkelheit in die Wälder. Die Kronen rauschen. Sie scheinen zu sprechen. Ein Uhu heult. Ein Zischen. Zwischen den Stämmen gibt es kaum merklich ein Huschen. Hinter den Stämmen scheint sich etwas zu verstecken. Das Mädchen schaut mutig hinter einen Stamm. Aber nichts.

„Hallo," ruft sie, „hallo? Ich habe keine Angst. Du brauchst mich nicht zu erschrecken. Ich weiß schon, dass du es bist."

Das Mädchen hat Tränen in den Augen. Von Baumstamm zu Baumstamm hangelt sie sich, presst sich mit dem Rücken fest an die Stämme.

Nebel steigt auf. Das Rauschen der Baumkronen wird lauter. Jemand scheint zu sprechen. Irgendetwas ist in den Bäumen. Das Mädchen weiß nicht mehr wo es hinsehen soll. Nach oben oder hinter die Bäume. Es ist in den Bäumen.

Sie schreit.

Die Bäume beginnen zu sprechen. Es ist etwas, das aus ihnen spricht, in ihnen nistet. Der Nebel schafft an einer Lichtung eine theaterähnliche Szenerie. Das Mädchen stürzt. Sie weint aus innerstem Grauen und krallt sich in den Boden.

Hinter einem großen und mächtigen Baum erscheint ein Tier. Es bewegt sich durch den Nebel. Es ist ein Tier. Zweifellos. Schemenhaft pirscht es sich heran. Man kann nicht unterscheiden, ob es ein wildes Tier ist oder vielleicht auch nur ein Reh. Vielleicht ein Wolf. Es kommt immer näher.

Das Mädchen schreit.

Ein weiteres Tier taucht hinter einem Baum auf. Es bewegt sich ebenfalls sehr langsam. Langsame, schleichende Bewegungen, wolfsähnlich. Augen beginnen zu funkeln, zu glühen.

Das Mädchen windet sich im Boden und weint, als wollte sie ihre Seele gen Himmel senden, heraus aus ihrem Körper. Aber es gibt keine Rettung. Der Nebel verhüllt die Szenerie. Man sieht nur noch Schemen. Mehrere Tiere stürzen sich auf das Mädchen. Man hört nichts mehr von ihr. Sie verstummt.

Die Tiere zerren an ihr und zerreißen das Mädchen. Blut sickert in den Waldboden. Feucht und moosig. Voller Leben. Satt. Ein Leuchten steigt vom Himmel herab. Die Tiere zischen, kreischen. Sie ziehen sich zurück. Das Mädchen ist tot.

))))))))

Levana führt Ella durch ein Tor. Ella zittert am ganzen Leib. Sie hat Angst. Das Gesehene ist ihr nicht verständlich. Sie muss es hören. Sie muss es lesen. Levana streicht Ella über die Schulter und beruhigt sie.

„Du brauchst keine Angst zu haben, mein Kind, ich werde bei dir sein."

Ella kann es aber nicht glauben. Sie hat Angst zu verschwinden. Für immer. Ohne Wiederkehr. Levanas Berührung ist das Einzige, was sie noch atmen lässt.

Erst jetzt sieht Ella, dass sie in einer alten Stadt sind. Fachwerkhäuser, ein sandiger Boden. Ella ist barfuß. Auch sie trägt ein leichtes weißes Kleid. Wie das tote Mädchen.

Levana schwebt fast neben ihr, mit ihrer wehenden schwarzen Robe.

Die beiden kommen an einen Platz voller Menschen. Es ist laut. Dann steigt Rauch auf. Ein Feuer beginnt sich an einem Scheiterhaufen hochzulecken, bis es vollends brennt. Ein paar Männer zerren eine schreiende Frau herbei. Niemand scheint Ella zu sehen. Auch Levana ist unsichtbar.

Levana flüstert Ella beruhigende Worte ins Ohr, ganz leise, gehaucht, Körper an Körper, sanft berührt, so dass das Hauchen selbst schon beruhigend ist, Ella fortträgt, zumindest fort von hier. Levana bringt sie zum Scheiterhaufen. Man sieht die verschmutzte Frau in Leinen. Sie kreischt und zerrt an ihren Fesseln. Es ist heiß. Die Luft brennt.

Die Frau schlägt um sich, aber einer der Männer schlägt ihr mit einem Stock ins Genick, sodass sie gen Boden fällt und kaum Luft bekommt. Ein nobler Patrizier kommt herbei, neben ihm zwei Begleiter in leuchtend roten Gewändern. Danach kommt ein Priester, weniger nobel, mit dunklem Blick. Er macht das Kreuzzeichen vor der Frau.

Eine Vettel aus der Menge wirft der Frau einen Stein an den Kopf. Blut spritzt hervor. Der Patrizier sieht die Alte streng an und sie verkriecht sich in die hinteren Reihen. Er blickt die beiden Männer an, dann blickt er ins Feuer. Die Männer heben die Frau hoch. Sie hat blutunterlaufene Augen. Der Schlag ins Genick hat sie fast bewegungslos gemacht. Die Wunde an ihrer Schläfe klafft weit offen.

Aber die Frau atmet. Ihr Blick ist ins Jenseits gewandt. Sie nimmt nichts mehr wahr. Wie ein kleines Kind, das man in die Höhe wiegt, lassen die beiden Henker die Frau in den lodernden Scheiterhaufen krachen. Ein durch Mark und

Bein gellender Schrei spaltet das zuvor herrschende Raunen der Menge.

Der Leib der Frau krümmt sich eine Zeit lang im Feuer. Das Holz gibt nach unter dem Kampf der Frau. Sie ist nur noch ein Feuerball. Es riecht nach gegrilltem Fleisch. Levana nimmt die zitternde Ella in die Arme. Ella spürt den festen Griff ihrer Beschützerin. Trotz des Grauens fühlt sie sich mit einem Mal sicher. Die tobende Menge beginnt nun ausgelassen zu schreien und feiern. Der Scheiterhaufen wird noch ein paar Mal geschürt. Levana führt Ella fort. Sie ist müde und folgt ihrer Beschützerin. Sie beginnt ihr zu vertrauen.

))))))

Levana führt Ella weiter durch die Stadt. Sie kommen an ein ärmliches Haus. Levana öffnet die Tür und sie treten ein. Es riecht nach Tod. Ein seltsamer Duft. Es riecht faulig im Inneren. Ella fühlt sich wie im Dämmer. Die Atmosphäre ist gedrückt. Der Holzboden knarzt und zeugt vom Wurmfraß der Jahrzehnte. Sie gehen eine Treppe hoch, auf deren Klaviatur eine dissonante Melodie spielt, mit jedem Schritt den sie tun.

Oder ist es nur Ella, die schreitet? Kinderweinen wird hörbar. Leises Wimmern. Mama. Mama. Im oberen Stockwerk gelangen sie in ein Schlafzimmer, in dem auf einer Pritsche, die mit Stroh ausgelegt ist eine hagere Frau mittleren Alters zitternd unter einer löchrigen Leinendecke liegt. Man sieht ihren Atem. Ein kleiner Junge und ein Mädchen knien neben ihr und halten sich an ihr fest. Die Mutter hustet.

„Bitte bleib bei uns, Mama," sagt das Mädchen.

Der Junge hat die Augen geschlossen. Das Mädchen sieht zu Ella und Levana. Ihre Augen werden weit.

„Nein," schreit sie und umschlingt ihre Mutter, „bleib bei uns, Mama. Ich lass dich nicht gehen."

Aber der Atem entweicht aus der Frau, all die restliche Wärme, die noch in ihr war, entschwindet. Und sie stirbt. Levana und Ella sehen ihr dabei zu. Levana hält Ella mit festem Griff im Arm. Ihr wird nichts passieren.

)))))

Levana und Ella steigen mit dem entweichenden Atem der toten Frau empor. Sie sind schon im Nachthimmel. Der Atem wird undurchsichtiger und verflüchtigt sich schließlich vollends. Ella und ihre Begleiterin fliegen durch einen Tunnel. Die Zeit vergeht. Die Sonne steigt und geht wieder unter. Sie folgen dem Mond. An einem Tag im Mai lassen sie sich auf einem Bauernhof nieder, wo ein alter Esel angestrengt im Stall steht. Ella hört Schreie.

Das Mädchen kommt aus der Tür gerannt. Der Junge springt hinterher, wird aber schon am Arm mit festem Griff von einer streng aussehenden Frau zurückgehalten. Er schreit. Das Mädchen bleibt in einiger Entfernung ste-hen. Ihr Herz schlägt laut und sie kommt kaum zu Atem. Von ihrer Hand tropft ein bisschen Blut. Die Frau sieht zu dem Mädchen, blickt sie ganz fest an und fängt an, den Jungen ins Gesicht zu schlagen. Dabei sieht sie unaufhör-lich auf das Mädchen, dem die Tränen über das Gesicht laufen. Sie tut keinen Mucks.

Auch das Schreien des Jungen erstirbt nach einiger Zeit. Wieder und wieder schlägt ihm die Frau ins Gesicht, das schon anläuft, schwarz wird. Blut läuft aus seiner Nase. Die

Augen sind angeschwollen. Die Frau stößt den Jungen gegen die Mauer, wo er wie ein Sack Kartoffeln zusammenfällt. Sie putzt sich das Blut an der Schürze ab und geht wieder hinein.

Das Mädchen steht immer noch da und scheint nun nicht mehr zu atmen. Ihr Herz hat ebenfalls aufgehört zu schlagen. Dann kommt es wieder. Es pocht. Langsam schleicht sie sich auf Zehenspitzen zu ihrem Bruder. Sie versucht ihn hochzuheben und zum Stall zu bringen, wo der Esel ist. Bald hat sie ihn etwas hochgehoben, da zieht sie schon eine Hand an ihrem Zopf nach oben. Die Frau schlägt das Gesicht des Mädchens gegen die Mauer, schüttelt sie und wirft ihren Körper auf den ihres Bruders, bis sie wieder verschwindet.

Bei Einbruch der Nacht haben die Kinder es schließlich zum Stall geschafft, wo sie sich neben den Esel legen, der sie gewähren lässt. Er ist warm und hat ein weiches Fell, das sich gut anfühlt.

(((((

Was aber passiert, wenn so etwas passiert. Wenn die Basis wegbricht. Kein Land mehr in Sicht. Man könnte vermuten, dass sich die beiden Kindern vielleicht in ihr Schicksal fügen, vielleicht auch gegen die Mutter kämpfen, sie totschlagen oder hinterlistig an einen Abhang locken, eine Falle, wo sie zu Tode stürzt. Es sind viele Variationen denkbar. Die denkbar einfachste war die eingetretene Wahrscheinlichkeit, dass Ella mit Adrian floh.

Ja, ohne es groß zu bemerken fand sich Ella auf einmal in ihrer eigenen Geschichte oder zumindest in einer Erinnerung an diese. Vielleicht war sie auch nur absorbiert von dem, was ihr geschehen war und sie konnte nicht mehr unterscheiden zwischen Traum, Vorstellung, Realität und Erinnerung.

Die Kinder also fliehen durch die Nacht. Sie schlagen sich durchs Dickicht, wärmen sich in inniger Umarmung, nur um ihrer Gegenwart zu entkommen, woanders hin, nur fort. Der Wald ist groß und unheimlich. Aber er ist auch weit und einhüllend. Manchmal können sie ein paar Eier bei einem Bauern stehlen, sich ein paar Züge Milch in die Handfläche melken, um nicht zu verhungern. Einmal findet Adrian sogar ein altes Stück Brot, das sie am Fluss etwas aufweichen und das ganz köstlich schmeckt.

Doch bald schon gibt es keine Bauernhöfe mehr. Die Städte und Dörfer haben sie lange schon hinter sich gelassen. Ella lässt sich von Adrian mitziehen. Sie weiß schon längst nicht mehr, wohin sie gehen und warum. Am Ende ist es doch gar nicht so schlecht, da, von wo man kam. Aber nein, Adrian kennt kein zurück. Immer weiter treibt er sich und seine Schwester in den Wald. Er ist wie ein wundes Tier, das zur tiefsten Höhle gelangen möchte, in das, was vielleicht als Jagdgrund benannt werden kann.

Eine Flucht ist mit vielen Unwägbarkeiten verbunden. Ella reißt sich ihr Kleid an einem Baumstumpf auf, der ihr eine tiefe Wunde in den Oberschenkel frisst. Ella weint, doch Adrian kennt keine Gnade.

„Wir müssen weiter," schreit er, „immer weiter. Schnell!"

Ella folgt ihm. Über ihre Wangen laufen Tränen. An einem kleinen Wasserfall angekommen, waschen sie sich. Sie schwimmen ein bisschen, bespritzen sich und für einen kurzen Augenblick fühlen sie sich wie Kinder. Dann wieder führt Adrian sie weiter. Immer tiefer in den Wald. Die

Nächte sind bedrohlich. Es schleicht durchs Dickicht. Die Baumkronen flüstern, sie zischen.

„Komm zu uns," murmeln sie, „wir holen dich."

Doch Ella schafft es sich völlig abzukapseln. Sie läuft nur noch taub neben ihrem Bruder her, wie ein Zombie, versteckt sich selbst in einer anderen Welt, träumt von Blumenwiesen, einem saftigen Stück Käse, einem sonnigen Tag im August, all das und ein bisschen mehr. Sie versteckt sich in ihren Vorstellungen, während ihr Körper mechanisch ihrem Bruder folgt, schmerzend und müde.

Je tiefer der Wald, desto dunkler die Pfade. Bald geraten sie in ein Gestrüpp, durch das sie sich zwängen. Sie zerreißen sich Wangen und Arme, ganz so, als würden sie gegeißelt. Dornen stechen sie und es wird immer dichter. Bald aber sieht Adrian Licht.

„Es wird hell, Ella," ruft er, „da ist etwas, ich kann es spüren."

Tatsächlich erscheint ein kleines Feld im Wald. Ein riesiger Baum mit massivem Stamm ragt über die anderen Baumkronen hinweg, die den Himmel wie eine Decke abhalten. Doch der Baum steigt durch sie hindurch. Eine Leiter führt am Stamm empor. Adrian steigt hoch. Ella folgt ihm. Sie ziehen sich weiter und weiter, bis sie über die anderen Baumkronen gestiegen sind und endlich wieder den Himmel sehen.

Es ist sonnig. Der Wald sieht aus wie ein Feld. Am Horizont kann man Berge erkennen, Schnee auf den Gipfeln. Ella hat so einen Hunger. Der Stamm führt noch etwas hinauf. Nun erkennt sie das, was Adrian so dringlich ersehnt. Auf der Spitze des Baumes befindet sich ein Haus. Es ist zwischen die weitverzweigten Äste eingelassen und sitzt auf dem Stamm wie eine Festung.

„Hier werden wir sicher sein," ruft Adrian, „komm, Schwesterchen, alles wird gut."

Und Ella folgt ihrem Bruder, auch wenn in ihrem Hinterkopf immer wieder der Gedanke auftaucht, so sehr sie ihn verdrängen möchte, dass nicht alles gut würde.

(((((()

Das Haus. Was ist ein Haus. Vermittelt es Sicherheit. Ella und Adrian finden darin Essen. Sie wissen, dass es ein Traum ist. Sie wissen, dass es nicht real ist. Also essen und trinken sie. Sie schlagen sich die leeren Bäuche voll und kriegen gar nicht so viel rein, als sie gerne würden. Bald schon geht nichts mehr. Aber ihre Müdigkeit überrollt sie wie ein Zug. Es ist wie im Märchen. Die beiden schlendern schlafwandlerisch auf das luftig aussehende Bett zu und lassen sich hineinfallen. Sie brauchen sich gar nicht anzustrengen und schlafen sofort ein.

Doch der Schlaf hat auch seine Tücken. Zwar entspannt der Körper, doch der Traum holt einen manchmal schnell ein. Der Schlaf ist oft wie ein Wachsein, etwas, das einen an sich fesselt. Und so fliegt Ella auf einer Wolke über das Meer. Sie weiß, dass Adrian irgendwo sein muss. Aber sie kann ihn nicht finden.

„Adrian," ruft sie, „Adrian! Wo bist du?"

Doch keiner antwortet. Ella lässt sich fallen. Sie bricht durch das wattige Wolkenweiß und fällt hinab. Sie hat keine Angst. Der Wind umspielt und trägt sie. Sie weiß, dass sie keine Angst zu haben braucht. Denn sie schläft ja, nicht wahr? Sie würde weich fallen.

Ellas Körper erholt sich, das muss so sein, denkt sie, ich bin klein, mein Herz ist rein, denkt sie und fliegt wie ein

Vogel durch die Lüfte. Ja, tatsächlich, ihr wachsen Flügel. Sie ist eine kleine Drossel. Sie kann nur an Beeren denken. Irgendwo werden welche sein, denkt sie. Sie kann es schon riechen. Und das beherrscht sie. Das ist gar kein Denken, sondern ein Trieb. Irgendwo müssen die doch sein, ganz stark, bestimmt, Ella, Levana, während dieser Körper, der doch noch da ist, daliegt und endlich zur Ruhe kommt, im Sturm seiner Träume, die alles versuchen, um das Grauen aus den Zellen zu vertreiben, wieder Ordnung hineinzu-bringen, in dieses schlagende Herz, diese geschlossenen Augen, diesen Atem. Nacht. Schlaf. Tag.

0((((0

Als Ella erwacht, findet sie sich in einem dunklen Raum. Es ist feucht und riecht nach Moder. Sie versucht etwas zu sehen, dreht sich ein wenig, versucht zu erahnen, wo sie sich befindet. Unter ihren nackten Füßen ist es kalt. Es scheint Steinboden zu sein. Vielleicht Beton. Sie traut sich noch nicht irgendwohin zu gehen, solange sie nichts sieht. Aber keine Schemen entstehen. Es ist einfach nur komplett dunkel. Kein Licht, das durch irgendeine Spalte dringt. Nun beginnt sie sich um sich selbst zu drehen. Irgendwo muss ein Schimmer sein, ein Strahl hineindringen. Es geht gar nicht anders.

„Hallo," flüstert sie und bemerkt den Hall, der um sie herrscht.

Es hört sich an, als ob der Raum komplett leer wäre. Feucht, modrig und leer. Doch die Dunkelheit kann nicht von Dauer sein. Das Licht sucht sich seinen Weg ins Auge. Irgendwann kommt es an. Ella kann es noch nicht ganz genau bestimmen, aber sie spürt es. Sie nimmt das Licht in sich auf.

Langsam wird die Quelle sichtbar. Sie muss den Kopf etwas in den Nacken legen, ganz so, als ob sie vielmehr wie ein Hund riechen würde, das Licht in ihre Nase aufnehmen, um es in ihre Augen zu bringen. Dann weitet sich das Licht etwas aus. Eine vage Aura entsteht. Ella strengt sich an. Sie tut einen Schritt voran.

Der Boden bleibt bestehen. Sie hatte Angst irgendwo einzubrechen oder herabzustürzen, aber der kalte Fußboden scheint fest zu sein. Sie macht noch einen Schritt. Dann noch einen, etwas schneller. Dann stößt sie an einen Widerstand. Ebenfalls kalt und von derselben Beschaffenheit wie der Boden.

Die Aura, die sich langsam in ihr Auge frisst, ist mittlerweile ein gräuliches Feld, das Ella noch nicht ganz bestimmen kann. Aber es scheint ein Ausgang zu sein. Langsam ertastet sie den Widerstand des Bodens und merkt, dass er nahtlos übergeht in eine Fläche. Sie stellt ihren Fuß darauf. Vielleicht eine Treppe.

Und ja, Ella fühlt sich zunehmend sicherer. Sie steigt auf die erste Stufe, erklimmt die zweite. Es scheint ebenfalls eine Art Betontreppe zu sein, fest und unnachgiebig. Ella tastet sich nun mit den Händen vorsichtig voran. Auf allen vieren krabbelt sie wie eine Spinne die Treppe empor. Aus ihren Händen wachsen drahtige Haare. Ihr Körper verformt sich langsam. Aus ihrem Rücken steigt eine Kugel hoch. Weiter, immer weiter steigt sie die Treppe empor.

Das Leuchten wird deutlicher. Ellas Augen teilen sich. Hundertfach. Nun wird das Licht klar. Ella krabbelt die Treppe empor. Sie ist eine riesige Spinne, die ohne Furcht die Treppe hochkrabbelt. Ohne Mühe. Dann schießt sie einen Faden gen Licht. Sie kann sich empor ziehen. Immer weiter. Bald erkennt sie, durch was sich das Licht zwängt.

Es ist eine Tür. Ella krabbelt weiter und weiter. Der Keller muss riesig geworden sein oder sie ganz klein.

Oben angekommen verwandelt sie sich wieder. Ihr Gesicht ist verklebt. Ihre Kleidung auch. Sie tastet an der Tür und drückt die Klinke nach unten. Doch die Tür ist verschlossen. Sie tastet sich weiter. Nach einem Schlüssel, nach einem Schalter, irgendwas. Und bald findet sie einen Spalt über der Tür. Gerade groß genug.

Wieder verwandelt sie sich und steigt empor. Sie zwängt sich durch den Spalt und geht weiter. Immer wieder wirft sie Fäden. Die Existenz ist ein Abenteuer. Fast ein Glück, dass es das gibt, denkt sie und verschwindet in der Wand.

0((0

Im Dachboden angekommen merkt Ella, dass sie wieder sie selbst ist. Durch ein kleines Fenster, das unglaublich weit entfernt scheint, dringt Licht. Sie bewegt sich darauf zu, aber es flüchtet ständig vor ihr. Dann beginnt sie zu rennen. Immer schneller. Völlig aus der Puste fällt sie hin und schlägt mit ihrem Gesicht hart auf den Boden.

Sie war kurz weggetreten. Als sie wieder zu Bewusstsein kommt, hört sie Vogelgezwitscher und es ist kühl. Der Boden ist mit Kies bedeckt. Sie steht auf und findet zu jeder Seite von sich eine hohe Hecke, grün und saftig, aber undurchdringbar. Sie geht voran. Die Hecke öffnet sich und Ella geht rechts. Sie scheint in einem Labyrinth zu sein. Oben ziehen Wolken vorbei.

Ella geht weiter. Sie hofft irgendwo auf den Ausgang zu stoßen, wenn sie nur beharrlich weitergeht. Aber sie dringt immer tiefer. Sie fühlt sich wie in einem riesigen Mandala gefangen, das in ihrem eigenen Hirn ist, durch das sie selbst irrt. Es kommt ihr so vor, als ob sie durch sich selbst hindurch geht. Als ob ihre Gedanken das Labyrinth wären. Sie kennt den Ausgang nicht. Obwohl sie es gebaut hat. Stundenlang geht sie mal rechts, mal links. Aber sie kann nicht zurück. Eine Umkehr bleibt für sie ausgeschlossen. Das wäre eine Niederlage. Also geht sie weiter.

Völlig entkräftet und mit trockenem Mund gelangt sie zum Zentrum des Labyrinths, das sie nicht eigentlich gefunden hat, sondern das sich für sie erst erschaffen hat. In der Mitte eines im Labyrinth üppig angelegten Gartens steht ein Brunnen, über dem Levana schwebt und Beschwörungsformeln flüstert. Ihr langes Haar lodert wie ein Sturm gen Himmel. Sie betrachtet Ella und scheint sie mit ihren Augen zu erstechen und gleichzeitig zu locken.

Ella schleppt sich zu der Wasserstelle und will trinken. Aber schon kommen Kinder herbeigerannt und schubsen sie zu Boden. Sie trinken den Brunnen fast leer. Er hört auf zu sprudeln. Ella kann all das nur vom Boden aus betrachten und ergibt sich völlig ihrer Schwäche. Dann beginnt es aus dem Brunnen Feuer zu spucken. Wie Geschosse hagelt es Magmaklumpen. Die Kinder fangen an zu brennen. Sie rennen schreiend umher, bis sie auch zu Boden stürzen und mit einem fürchterlichen Gestank sterben.

Auf dem Brunnenrand schleicht nun ein riesiger Tiger umher und springt auf eine der verkohlten Leichen. Wild beginnt er zu fressen. Sein Fell leuchtet stolz und prächtig in der grellen Sonne. Dann steigen zwei Wölfe aus dem Brunnen. Langsam schleichen sie an den Tiger heran und fallen über ihn her. Der Tiger wehrt sich, hat aber letztlich keine Chance gegen die mehr als doppelt so großen Wölfe. Er ergibt sich schließlich seinem Tod und haucht sein Leben am Ende wie eine kleine Katze aus seinem entmachteten Körper.

Dann verschmelzen die Wölfe in eins und verwandeln sich in ein Reh. Ella kann ihre Augen kaum noch aufhalten. Langsam und scheu nähert sich das Tier. Es leckt ihr über die Stirn. Ella kann nicht mehr länger und schließt die Augen. Hinter dem Vorhang ihrer Lider beginnen nun Farben und Schemen zu flackern und sich in einen endlosen Strudel zu verbinden. Ella spürt eine Verwandlung. Sie spürt Energie, die in ihren Körper zurückkommt. Ihre Wirbelsäule beginnt zu wachsen. Sie fühlt, wie sich langsam ein Fell aus ihrer Haut herauszwängt, scharfe Zähne, die sich in ihrem Mund ausbreiten und ihr ganzer Körper beginnt sich zu verändern.

Als Ella wieder ihre Augen öffnet ist da plötzlich ein tierischer Jagddrang. Sie hat sich in einen Wolf verwandelt. Vor ihr steht nun das Reh und sieht sie mit kleinen Augen an. Verwirrt und mehr fühlend als denkend folgt sie dem Reh aber durch den Wald. Wenn es springt, springt sie mit, groß und majestätisch. Wenn sich das Reh kurz hinter einem Baum versteckt, tut sie es ihm gleich. Nach einer Weile kommen sie zu einem Haus. Dort führt sie das Reh hinein. Ohne jede Kraft lässt sie sich nun auf dem Boden nieder und beginnt zu schlafen.

Ella schien Tage geschlafen zu haben, mindestens aber genügend Stunden, um wieder denken zu können. Sie findet sich in einem Bett in dem Haus wieder. Sie ist wieder sie selbst. Das Reh steht noch immer vor ihr. Draußen ertönt ein Jagdhorn. Das Reh springt verängstigt zur Tür und scheint heraus gelassen werden zu wollen. Ella macht die Tür auf und sieht einen Trupp Jäger. In der Mitte ein gut gekleideter Mann mit Bart. Das Reh hastet davon. Die Männer reiten ihm hinterher. Ella sieht dem Treiben nach und begibt sich wieder ins Haus, wo sie sich noch einmal zum Schlafen hinlegt.

Wieder Stunden später erwacht sie. Wieder steht das Reh vor ihr. Wieder das Jagdhorn. Wieder die Flucht vor den Jägern. Doch dieses Mal hat Ella Angst, dass sie es töten. Wieder begibt sie sich ins Haus. Wieder schläft sie. Doch durch einen Alptraum wacht sie auf. Das Reh steht erneut vor ihr. Erneut das Jagdhorn. Erneut die Flucht. Immer wieder und wieder. Sie fühlt sich, als ob sie in einer Zeitschleife gefangen wäre, verwickelt in ein Märchen, aus dem sie nicht heraus kann, wenn es niemand weitererzählen würde.

Ella beschließt irgendwie herauskommen zu wollen. Sie wirft den Jägern etwas hinterher, versucht das Reh zurückzuhalten, die Tür zu verbarrikadieren, zu schreien, zu lachen, zu weinen und einfach nichts zu tun. Aber es gelingt ihr nicht. Sie beginnt sich langsam ihrem Schicksal zu fügen. Bald beginnt sie zu begreifen, dass sie tot ist. Ohne Zorn und Eifer erlebt sie die permanente Wiederholung. Unendlichkeit.

Eines Tages aber ist das Reh nicht mehr da, als sie aufwacht. Verwirrt sucht sie im Haus, kann es aber nirgends finden. Dann klopft es an der Tür. Fast erleichtert öffnet sie und steht dem Mann mit Bart gegenüber. Diesmal hat er eine Krone auf dem Kopf, die bunt leuchtet, voller Diamanten und Edelsteine.

Der König nimmt Ella am Arm und hievt sie auf sein Pferd. Dann beginnt die Jagd. Schnell reiten sie durch den Wald. Ella klammert sich um den massigen Körper des Mannes. Die Jäger an seiner Seite. Er an der Spitze. Nach einem schönen Ritt über die Steppe gelangen sie wieder in den Wald und bald ans Haus zurück. Dort sieht Ella sich selbst, wie sie das Reh aus der Tür lässt. Das Reh steht starr vor Angst. Der König legt sein Gewehr an und zielt auf das

Tier. Ella kann nicht hinsehen. Ein Schuss peitscht durch den Wald.

Dann findet sich Ella erneut auf dem Rücken des Pferdes, an den Körper des Mannes geschlungen. Immer fester drückt sie sich an ihn. Erneut reiten sie über die Steppe. Erneut gelangen sie ans Haus. Erneut steht das Reh erstarrt vor Schreck. Erneut sieht sie sich selbst im Hauseingang stehen. Erneut zielt der Mann mit dem Gewehr auf das Tier.

Ella berührt den Arm des Mannes, mit dem er abdrücken will. Er lässt los und senkt das Gewehr. Er sieht Ella tief in die Augen und küsst sie zärtlich auf den Mund. Ella schaudert. Dann steigt er ab und geht zu dem Reh. Er hält ihm seine bloße Hand entgegen. Zaghaft beginnt das Reh in seiner Handfläche zu lecken. Der Mann winkt Ella herbei, die einerseits vom Pferd steigt und andererseits noch im Türrahmen steht. Sie ist doppelt. Beide gehen sie zu ihm.

„Bleibst du bei mir?" fragt er.

Ella nickt. Beide Male. Er wird das Reh nicht töten. Das wird ihr nun bewusst. Sie folgt ihm, verschmilzt langsam auf dem Rücken des Pferdes, auf dem Rücken des Mannes wieder zu einer Person. Sie reitet mit ihm zu einem kleinen Schloss auf einem grünen Hügel. Dort lebt sie mit ihm. Seine Frau und eine weitere Tochter leben dort auch. Ella funktioniert wie eine Marionette. Sie lebt nun hier. Auf dem Schloss.

Die Königin und ihre Tochter hassen sie abgrundtief. Das kann sie spüren. Das hält sie am Leben. Jeden Nachmittag geht sie zum Reh, das am Bach schon auf sie wartet und krault es im Nacken. Sie lässt ihre Füße ins Wasser hängen und weiß schon gar nicht mehr, wer sie einmal war.

Es gibt keine Erinnerung mehr. Es gibt nur die unendliche Wiederholung. Sie fühlt sich fast wie ein Kind.

In der Nacht kommen die Alpträume. Dann spürt sie, dass es etwas gibt, das sie holen will. Sie versucht zu schreien, kann aber nicht. Wenn sich die Tür öffnet, beginnt der Schmerz. Aber ein gutes hat es, Ella weiß nun endlich, dass sie schön ist.

Nach einer Weile findet die Hochzeit statt. Der König heiratet Ella. Es gibt ein riesiges Fest. Der Bart des Königs aber widert sie an. Sie weiß noch immer nicht, was sie überhaupt tun soll. Es will einfach keine Regung in ihr geben. Sie bleibt eine Marionette. Nur am Bach fühlt sie sich frei. Manchmal zieht sie sich aus und steigt ins Wasser, lässt sich etwas dahintreiben. Das Reh springt am Ufer mit ihr. Dann fühlt sie etwas. Sie möchte nicht mehr da sein. Sie möchte nicht mehr sie selbst sein. Sie möchte einfach weg.

Aber nach einer Weile steigt sie wieder aus dem Wasser, das sie zumindest etwas gereinigt hat und begibt sich zurück ins Schloss, wo das Grauen von neuem beginnt. Wieder und wieder. Erneut und ewig. Endlich erhält die Unendlichkeit ein Gesicht. Endlich spürt Ella, dass sie all das nicht will, sich all das nicht ausgesucht hat. Doch sie kann nichts dagegen tun.

Als eines Tages der König wieder auf der Jagd ist, kommen seine frühere Frau und die Tochter zu Ella ins Zimmer. Sie fesseln sie und zünden ein Feuer an. Nun, im Flammenmeer, merkt Ella, dass sie schwanger ist. In ihr tritt ein Kind, das hinaus will. Ein kleiner Teufel. Ellas Haut wirft langsam blasen. Ihr Haar versengt. Aus ihrem Bauch treten lange Krallen, die sie aufschneiden. Das Bett wird zu einem Totenbett. Das Feuer brennt meterhoch.

Das Kind, das ihr entstiegen ist, setzt sich auf den ausgeweideten Bauch seiner Mutter. Es versucht ihr in die Augen zu blicken. Doch Ella kann nicht zurückblicken. Sie kann das Kind nicht ansehen, obwohl sie möchte. Es gelingt ihr nicht. Vielleicht will sie es doch nicht.

Dann bemerkt Ella, dass sie selbst das Kind ist, das auf den Eingeweiden der Frau sitzt, die nun tot ist. Jetzt sieht Ella, dass diese Frau Heloise ist, die da vor ihr liegt. Diese Mutter. Ihre Augen sind geöffnet und blicken sie leer an. Voller Todesangst beginnt Ella an der Brust der Toten zu saugen, versucht zu überleben, weil es die einzige Regung ist, die sie spürt. Überleben.

Aber die Brustwarze bleibt trocken. Nichts passiert. Ella spürt ein Brennen in sich. Sie spürt, dass sie gleich sterben muss. Aber sie will leben. Das spürt sie. Da ist etwas, das will leben, auch wenn es längst tot zu sein scheint. Dann brechen alle Dämme. Aus den Wänden schießt hektoliterweise Milch heraus. Sie ergießt sich wie ein Wasserfall und tränk alles in das seltsame Gelbweiß der Muttermilch. Ella wird hinfort gespült, wird verschluckt, kann nicht atmen, droht zu ertrinken.

Sie öffnet die Augen. Blickt um sich. Sie liegt da, ist ein Baby. Sie schreit. Etwas fehlt. Was ist ein Baby? Sie schreit weiter. Eine Stimme ist zu hören. Wer bin ich? Ist es die Stimme der Mutter? Sie singt. Es ist ein Lied, das sie singt. Es hat keinen Text, aber es ist wunderschön und beruhigt sie. Alles wird gut. Irgendwann. Vielleicht.

0(0

Wir befinden uns auf der Bühne. Hohe Blumengirlanden bilden eine Art Bilderrahmen. In der Mitte steht ein üppiges Himmelbett. Die ganze Szenerie ist überwuchert von Efeu. Auf dem Bett liegt eine

Frau mit geschlossenen Augen, wahrscheinlich tot. Auf dem Kopf trägt sie Blumenschmuck. Auf ihrem Bauch sitzt rittlings ein kleines Kind, das verwirrt ins Publikum sieht.

Der Vorhang schließt sich. Eine Weile geschieht nichts. Dann taucht der Kopf eines kleinen Mädchens mit zusammengebundenen Zöpfen zwischen den Vorhangspalten auf. Zuerst sieht sie etwas scheu heraus, beginnt aber bald verschmitzt zu lächeln. Sie tritt etwas hervor und zeigt sich nun ganz. Mit auf dem Rücken zusammengelegten Armen hopst sie mit ihren kleinen Sandalen und weißen Ringelsöckchen auf und ab. Den Saum ihres weißen Kleidchens, lässt sie rhythmisch hin und her baumeln. Es macht ihr Spaß. Sie beginnt ihren Hals und Kopf, der vom engen Spitzenkragen wie losgelöst erscheint, zu strecken und zu beugen, zu drehen und zu schütteln.

Der Vorhang wird nun mittig zur Seite gezogen und gibt den Blick auf einen Boden mit rot-schwarzem Schachbrettmuster zu erkennen. Dahinter ist wieder ein schwerer roter Bühnenvorhang, der allerdings nicht längs, sondern quer gewellt fällt. Pfeifend hüpft das Mädchen über das Schachbrettmuster, ganz so, als würde sie „Himmel und Hölle" spielen. Am hinteren Vorhang angekommen, lugt sie mit dem Kopf durch die Spalte. Sie sieht zum Publikum und lockt es mit dem Zeigefinger. Die Situation ist paradox, da das Publikum von beiden Seiten dasselbe ist. Dann geht das Mädchen durch den Vorhang, der ja eigentlich in der Mitte ist und doch beidseitig. Der Vorhang teilt sich nach einer Weile und gibt den Blick auf einen leeren Publikumsraum frei. Das Theater ist nun nur noch ein Publikumsraum ohne Bühne.

Das Mädchen dreht sich wieder um und grinst. Doch wo steht sie. Aus der Mitte entspringt nun eine Bühne, langsam emporwachsend, wie Magma. Dann hüpft das Mädchen von dieser Bühne und rennt die eigentlich mittlere Treppe empor, bis es am Ausgang steht. Das Mädchen hat nun Doppelgängerinnen. Mindestens drei. Mit breitem Grinsen stehen sie da und hopsen wieder, bis sie sich tief verbeugen.

Lautes Klatschen wird hörbar, obwohl kein Mensch da ist, niemand zusieht, es niemanden gibt, der das hier weiß.

Das Klatschen erstirbt. Von irgendwo senkt sich nun ein finaler Vorhang in mehreren Lagen über die gesamte beschriebene Szenerie. Der Vorhang geht sowohl quer, als auch längs gewellt und irgendwie auch durch sich selbst hindurch und könnte unendlich sein.

()((0)

Dann war da ein Gebäude. Die Realität. Ella fand sich in einem Zimmer wieder. Leere Fliesen. Es war kalt. Sie öffnete ein Fenster und sah hinab. Sie war in der obersten Etage eines bestimmt zwanzigstöckigen Gebäudes aus Backstein, architektonisch durchaus interessant und einzigartig.

Ella musste hier weg, dachte sie und trat in einen langen Flur, der von Licht und Schatten gesäumt war. Der Boden war mit einem bräunlichen Muster gefliest. Alle paar Meter war ein Torbogen, der sich über den Flur wellte. Manche Fenster standen auf, manche waren geschlossen und bei manchen fehlte das Glas. Die Türen waren alle geschlossen. Ella rüttelte an vielen, hörte aber schließlich auf.

Eine unglaubliche Einsamkeit übermannte Ella, während sie weiterging. Stundenlang suchte sie nach einer Treppe. Aber sie konnte nirgends einen Ausgang finden. An der Außenwand in eine andere Etage hinabzusteigen war zu gefährlich, auch wenn sie diese Idee in Betracht zog. Aber es gab kein Gesims und die Ziegel boten ihr auch keinen Halt. Erschöpft setzte sie sich auf den kalten Boden und schlief ein.

Am nächsten Tag wurde Ella von der grellen Sonne geweckt. Nun versuchte sie jede Tür zu prüfen. Irgendeine von ihnen müsste doch nach unten führen, dachte sie. Aber sie erwartete immer die gleiche verschlossene Türe. Selbst das Zimmer, aus dem sie am gestrigen Tag gekommen war, konnte sie nicht mehr finden. Jemand musste sich doch einen üblen Scherz mit ihr erlauben, dachte sie sich. Das konnte doch nicht mit rechten Dingen zugehen.

In ihrer Einkehr und Erschöpfung, nachdem die Nacht wieder völligen Besitz vom Haus ergriffen hatte, begannen Ellas Erinnerungen zurückzukehren. Sie erinnerte ihre Kindheit, zwar vage, aber da waren Bilder, undeutlich, doch vorhanden. Da waren ihre Mutter, ein Vater und vor allem ihr Bruder. Ja, endlich war da wieder Adrian, auch wenn er noch etwas undeutlich aussah, eher wie ein Geist, oder eine Vorstellung. Wie Ella so vor sich hindämmerte erschien ihr Adrian wie ein Gespenst und kreiste um sie.

„Stelle dich den Dämonen aller Zeiten," flüsterte es.

Und Ella beschloss zu schlafen.

Welche Dämonen Adrian wohl meinte, fragte sie sich am nächsten Morgen. Wieder ging sie auf die Jagd nach einer offenen Tür. Sie hatte unglaublichen Durst und Hunger. Aber was sollte sie tun. Sie konnte doch nicht einfach so sterben. So begann Ella anzufangen, sich vorzustellen, wie sie etwas trank und aß. Sie stellte sich vor, wie sie mit ihrer Mutter und einem Vater am Frühstückstisch saß. Adrian stand etwas abseits und war undeutlich. Sie stellte sich vor, wie sie einen Kakao trank und ein Marmeladenbrot verschlang.

„Lecker ist das, Mami," sagte Ella vor sich her, während sie in ihrer Phantasie verschwand.

„Möchtest du ein Stück Banane," hätte die Mutter bestimmt gefragt und so fragte sie es also.

„Klar, Mami," sagte Ella und sang mit ausgedehnten Vokalen und einem Kichern, „ich liebe Nanane."

Der Vater stand auf und sah Ella böse an. Dann schlug er ihrer Mutter ins Gesicht, die sofort zu Boden fiel. Ella war verdutzt. Adrian stand nun neben ihr und flüsterte ihr ins Ohr.

„Du darfst nichts sagen, Ella, sei einfach wie immer."

„Und dann will ich noch eine große Scheibe Blot!" sagte sie und sprang auf.

Der Vater ging aus dem Zimmer und die Mutter krümmte sich auf dem Boden vor Schmerz. Ihre Nase blutete. Ella ging zur Spüle, nahm sich ein Küchentuch und reichte es ihrer Mutter.

„Da, Mami," sagte sie, „du musst dir die Nase putzen. Du hast was verschüttet."

Adrian stand wie ein Geist immer neben ihr und zuckte ab und zu mit den Schultern.

„Adrian sagt," sagte Ella, „dass alles wieder gut wird, Mami. Wenn man was verschüttet hat, dann kann man das wieder waschen. Und," fügte sie noch hinzu, „wenn du verheiratet bist, ist alles wieder gut."

Der Vater kam zurück in die Küche und nahm Ella unter den Arm. Er trug sie die Treppe hoch. Adrian folgte den beiden unauffällig. Der Vater trug sie wie ein Stück Holz. Er packte sie mit den gewaltigen Händen, sah sie seltsam an und warf sie mit voller Wucht in ihr Zimmer, sodass sie mit dem Kopf hart auf dem Boden aufschlug. Dann sperrte er die Tür ab und stapfte nach unten. Durch die Tür glitt Adrian langsam und setzte sich zu Ella auf den Boden.

„Spielen wir ein Spiel," flüsterte er.

Ella nickte benommen und spielte mit ihrer Puppe, die sie stundenlang aufstehen und sich wieder setzen ließ, während sie die Schreie ihrer Mutter und des Vaters hörte. Bald schon war ihre Mutter nicht mehr zu hören. Dann nur noch ein Klopfen. Dann nichts mehr.

)((o))

Am nächsten Morgen erwachte Ella wieder in dem Gebäude, in dem sie gefangen war, und machte sich auf zu ihrem Rundgang. Ganz selbstverständlich sprach sie mit Adrian, wie sie es früher getan hatte.

„Weißt du, Adrian," sagte sie, „wir kommen hier schon raus. Ganz bestimmt. Du wirst sehen. Es kann gar nicht anders sein. Irgendwie kriegen wir das schon hin."

Und Adrian sagte, „ja, Ella, das kriegen wir schon hin."

Nach einer Weile gelangte Ella in einen Raum, der wie ein Treppenhaus aussah, obwohl sie den Flur eigentlich nicht verlassen hatte. Langsam ging sie durch den Torbogen und schlich an das Geländer. Sie schaute mit vorsichtigen Bewegungen und langem Hals hinab.

Tatsächlich konnte Ella eine Treppe sehen. Aber die ging erst unten los und führte von ihrer Etage nicht herab. Es musste bestimmt zehn Meter nach unten gehen. Wenn nicht mehr. Für einen Sprung war es zu weit. Sie war ja nicht lebensmüde. Lange überlegte sie, tagelang, versuchte sich irgendetwas auszudenken, das sie zu der Treppe brachte. Aber es gab ja nichts auf ihrer Etage. Da waren nur sie und ihre Phantasie. Und ihr Körper. Nun gut, das war eine Idee. Immerhin. Ein Körper war dazu da, dass man ihn bewegte, dass man ihn stärkte. Auch wenn sie nichts zu essen und trinken hatte. Es war der einzige Ausweg.

Also begann Ella tagelang und völlig zeitlos durch die Flure zu rennen. Sie sprang gegen die Wände und Türen, dehnte und streckte sich, kauerte sich zusammen, rollte sich ab und versuchte Schmerzen durch einen heftigen Aufprall auszuhalten. Wie viele Wochen das ging, konnte sie nicht sagen. Doch langsam wurde sie besser. Sie spürte ihren Körper beweglich werden. Sie hatte keinen Hunger mehr. Keinen Durst. Ihr Körper genügte ihr.

Ella hatte ein Ziel. Also machte sie weiter. Nach und nach verschwanden ihre Ängste. Die Erinnerungen ergriffen sie nicht mehr, sondern blieben Erinnerungen, Bilder und Gefühle. Auch wenn im Hintergrund eine Bedrohung loderte. Die Nächte waren schwierig und zerfraßen sie fast vor Angst und Grauen. Sie spürte immer deutlicher, wie sich jemand ihres Körpers bemächtigen wollte, erdrücken und auszulöschen. Das war nicht nur sie. Irgendetwas nährte sie.

Deshalb fing Ella an, nachts durch die Gänge zu laufen und ihr Programm dort auszuführen, um tagsüber, wenn die Sonne wieder grell und schützend durch die Fenster schien, beruhigt zu schlafen. Sie spürte, wie sie immer besser wurde. Fast meinte sie, dass sie in der Nacht sehen könnte, so gut konnte sie sich in ihrem Terrain bewegen, das sie mittlerweile wie ihre Westentasche kannte. Sie fühlte sich wie eine Raubkatze, immer auf dem Sprung und unzerstörbar. Es würde nicht mehr lange dauern, dann wäre sie soweit, dachte sie, dann könnte sie den Sprung ins Treppenhaus wagen. Vielleicht schon morgen.

Aber Ella blieb nicht allein. Irgendetwas folgte ihr. In ihr. Irgendjemand. Es war in ihr. Sie musste schreien, um nicht verrückt zu werden, begann laut zu diskutieren mit jemandem, der sie verfolgte.

„Du wirst mich niemals kriegen," sagte sie, „niemals. Ich werde mich niemals kriegen lassen. Nie wieder."

Dann geschah es. Eines Nachts begann Ella Rauch zu riechen. Bald schon folgte ein Leuchten, das beim Geländer aufstieg.

„Verschwinde," schrie sie, „lass mich in Ruhe!"

Die Wände begannen zu flüstern und Ella konnte auch tagsüber keine Ruhe mehr finden. Sie hielt es nicht mehr aus. Es konnte so nicht mehr weitergehen. Der Zeitpunkt war gekommen. Jetzt oder nie.

Im tiefen Dunkel der nächsten Nacht kauerte sie – ganz Raubkatze – ganz Predatorin – am Ende des Flurs und wartete auf das Leuchten. Sie würde sich ihren Dämonen stellen, sagte sie sich, es gab kein Zurück.

Als das Flüstern an seinem Höhepunkt angekommen war, rannte Ella los. Sie wollte gegen das breite Milchglas springen und sich von da abstützen, bis sie einen gewissen Halt fand, um sich mit ihrem Körper hinabgleiten zu lassen, so gut es ging kleben zu bleiben, um den Fall abzubremsen und sich auf dem Boden über die steile Treppe quer werdend abrollen zu lassen.

Nichts und niemand würde sie mehr aufhalten. Es war soweit, dachte sie, je weiter sie zum Geländer kam. Je näher der Moment des Sprungs bevorstand, desto unheimlicher wurde das Leuchten, grünlich und fluoreszierend. Wieder stieg der weiße Rauch empor, schlangenartig, bald bläulich, bald gelb.

Mit einem letzten Auftreten auf den Etagenfliesen mit ihrem nackten und nun geschmeidig starken rechten Ballen, presste sie sich in die Höhe gen Geländer, setzte mit ihrem linken Fuss darauf und presste sich quer Richtung Fenster.

Ella hob ab und schwebte für Bruchteile von Sekunden über dem gähnenden Treppenhaus, in dessen Untergrund sich die Unendlichkeit zu öffnete. Schmerzhaft klatschte sie gegen das Milchglas, wo sie sich mit abreißenden Fingernägeln im Übergang vom Fenster zur Wand festklammerte und sich hinabgleiten ließ.

Jetzt wusste Ella, dass sie es schaffen könnte. Sie würde heil im Treppenhaus ankommen. Sie würde es schaffen und entkommen.

Die schwarze Gestalt hinter dem Milchglas tauchte einfach auf, ohne Vorankündigung, wie ein Schrecken in ihr, glitt zu ihr, durch das Milchglas hindurch und wollte sie ins unendliche Schwarz verschlingen.

„Nein," schrie Ella und drückte sich mit aller Kraft mit ihren Händen und Beinen von der Wand.

Mit einer ihr bis dahin nicht bekannten Wucht fiel sie mit dem Rückgrat auf die Treppe, als ob ihr Leben aus ihr entweichen müsste. Es knackte und schmerzte. Mit rasender Geschwindigkeit fiel sie Dutzende von Steinstufen hinab, konnte sich nicht mehr bewegen und knallte auf der unteren Etage mit dem Kopf voran auf die Fliesen.

Innerhalb von ein paar letzten Augenblicken konnte sie das Farbspiel von in Form einer Weltkarte gestalteten Mosaikfenstern reflektieren sehen, die vom Mondlicht und einer bewegten Wasseroberfläche einen Film zu projizieren schienen.

Ein großer Mann – beinahe ein Riese – packte sich Ellas Arme und zerrte ihren leblosen Körper ins Schwimmbad, wo er sie langsam den Kopf voran ins Wasser gleiten ließ.

Ihre Haare strebten wie Tentakel in die Höhe, während ihr Körper in der haltenden Kraft des Wassers dennoch versank.

((o)))

Manchmal ist der Tod aber nicht das Ende. Und das öfter, als man denkt. Eine weiträumige Bibliothek wurde aus dem Dunkel in ein gleißendes Licht getaucht. Obwohl niemand darin war schnellten die Bücher eines nach dem anderen aus den Regalen wie Projektile. Die Regalböden wackelten und die Leitern stürzten zu Boden. Irgendetwas befand sich im Raum. Eine Präsenz. Wenn sich diese einer Wand zu nähern schien, wurden die Bücher unruhig. Man konnte etwas in der Luft erkennen, ganz so, als wenn es sich durch Baumkronen bewegte.

Nach einer Weile pulsierte die Präsenz aus der Bibliothek heraus in einen hochgewölbten Gang mit goldenen Applikationen. Viele Menschen waren darin, wie in einem Museum. Erste Schreie. Ein Kind wurde gegen die Wand gestoßen. Panik. Die Menschen flüchteten aus dem Museum. Bilder flogen von der Wand und Stuck wurde von der Decke gezogen, als wäre es Blei. Die Präsenz bewegte sich fort. Sie war nicht sichtbar, sondern konnte nur durch die Spur der Verwüstung und die räumliche Ausdehnung, oder besser Vereinnahmung, lokalisiert werden.

Schließlich gelangte die Präsenz zum Ort ihrer Bestimmung. Kleine Wirbelstürme kündigten ihr Kommen an und die Flügeltüren rissen ihr den Theaterraum auf. Als sie die Bühne betrat gingen alle Scheinwerfer an und leuchteten ins gleißende Nichts. Aus dem Hintergrund schwebte engelsgleich eine Gestalt herbei. Sie war alt und dünn, hatte die eine Hand weit ausgestreckt, den Finger von sich weisend.

Nun stand die Gestalt im Zentrum des Lichtkegels. Es war Heloise. Die Präsenz materialisierte sich in ihr, wurde von ihr absorbiert, umschloss sie und aus ihrer Haut entschlüpfte wie aus einem Kokon wunderschön und strahlend Ella. Auch sie schwebte über der Bühne, hatte einen langen wirbelnden Rock an und eine weiße Bluse. Ihr pechschwarzes Haar schwirrte wie tausend Arme um ihren Kopf. Ihr Blick war konzentriert und selbstbewusst. Mit einem Blitz entschwand sie durch ein Fenster in die Nacht, hoch in den Himmel.

Sie hatte sich von etwas getrennt. Das wusste sie jetzt. Die Präsenz, die ihr immer sprichwörtlich im Rücken gesessen hatte, war nun nicht mehr ein Teil von ihr. Doch sie war noch da. Sie flüchtete vor ihr. Ella flog ihr hinterher. Die Wälder unter ihr. Eine Schneise der Verwüstung. Dann eine Kollision auf der Autobahn. Eine Mutter wurde enthauptet, ein Baby fortgerissen. Ein See aus Benzin und Blut. Der Feuerball einer riesigen Explosion. Doch Ella blieb der Präsenz auf der Spur. Sie würde sie einholen. Der Jäger wurde zum Gejagten.

An einer Lichtung im Wald. Ella kannte sie zu gut. Glühwürmchen stiegen aus dem Moos. Sie landete und blickte sich um. Die Präsenz huschte mit dem Säugling im Arm hinter den Bäumen umher, sich fast irgendwie bewusst, dass es vor ihr kein Entkommen gab. Es spürte Ellas Kraft. Diese bewegte sich langsam und bestimmt auf die Präsenz zu. Wie ein verängstigtes Tier sprang es auf sie zu, um die einst vorhandene Macht zu zeigen. Doch Ella wich nicht zurück. Stetigen Schrittes ging sie weiter. Es fauchte und spie. Das Baby schrie. Die Augen des Gespensts leuchteten feuerweiß. Dürr und kahl war seine Gestalt, die nun sichtbar wurde und die es über den Waldboden bewegte, ungeschickt und verwundet. Aus der Brust tropfte eine fluoreszierende Flüssigkeit. Sie war verletzt.

Ella streckte ihren Arm aus und reichte ihre Handfläche dem Säugling entgegen. Nun wurde die Gestalt deutlich. Hinter den toten Augen erlischte das Brennen. Ein Gesicht wurde wahrnehmbar. Mit einem unabwendbaren Gefühl von Kraft konnte Ella das Gespenst bezwingen. Der Säugling schwebte nun in der Luft, wurde ruhig und brabbelte etwas vor sich hin. Die Gestalt wich zurück, noch immer fauchend, aber verängstigt und um seine Niederlage wissend.

Ella nahm das Kind in die Arme und wiegte es. Nun erkannte sie das Gesicht der Gestalt. Es war Adrian, der mit letzter Kraft und nun völlig enttarnt flüchtete. Ella ging ihm langsam hinterher, mit dem nun schlafenden Säugling im Arm, trat aus dem Wald auf eine im Morgentau frisch aufgehende Frühlingswiese und schaute mit vom Wind bewegten Haar und Rock ihrem Bruder hinterher. Er rannte und rannte. Doch es gab keine Flucht mehr. Es war vorbei.

(o)))

Ella brauchte nicht lange zu suchen. Adrian konnte ihr nicht mehr entkommen. Vielleicht, weil er gar nie wirklich existierte. Diese Frage war schwer zu beantworten. Ella näherte sich ein paar Tage später einem steinernen Kubus in der Wüste. Sie flog einfach und wurde zu ihm gezogen. Innen war es heruntergekommen und zerfallen. Es sah aus wie ein Theater. Schon lange schien hier kein Stück mehr gespielt zu werden. Nur der rote Vorhang konnte noch halbwegs den Schein einer besseren Zeit aufrechterhalten.

„Geh weg," schrie es von der Bühne hinter einem der Vorhänge hervor, „lass mich allein."

Aber Ella ging nicht weg. Sie würde nie mehr weggehen. Adrian sprang in die Mitte der Bühne, bewaffnet mit einem langen Messer.

„Ich bring dich um," schrie er, „ich schlitz ich auf."

Ella ging weiter auf ihn zu. Er stach zu, durch ihre weiße Bluse, mehrfach, bis sie ganz zerfetzt war und im Blut getränkt. Ella legte ihre Hände auf seinen Kopf. All die Stiche hatte er sich selbst zugefügt. Aus seiner Brust floss das Blut ohne Halt. Ella nahm Adrian auf in ihre Aura und flog mit ihm in die Lüfte. Sie führte ihn zu einer tiefen Stelle im Meer, wo aus seinen Wunden stählerne Klingen austraten, aus seinem Kopf, aus seinen Augen, die wiederum an ihren Spitzen selbst kleine Klingen bildeten, wie ein Geschwulst, das sich irgendwann überwuchert. Im Schmerzensschrei versteinerte Adrian schließlich. Ella musste es zu Ende bringen.

„Du existierst nicht," sagte sie leise, „du hast niemals existiert."

Adrians letzter Schrei blubberte nach oben und zischte durch die Wasseroberfläche. Ella presste seine versteinerte Gestalt fest zusammen, bis sie nur noch ein handgroßer Würfel war, an dessen Oberfläche eine Reflektion seines Gesichts zu sehen war, wenn man genau hinsah. Man musste sich konzentrieren, um es hinter dem eigenen Gesicht zu erkennen und es nicht zu übersehen, als blickte man in einen Spiegel. Vielmehr lag es hinter dem Spiegel. Ella betrachtete sich dieses Gesicht hinter ihrem Spiegelbild genau. Dann passierte etwas. Es übertrug sich auf Ella. Oder besser in sie. Wahrscheinlich war es nun vorbei, dachte Ella. Mit ihrem Finger, dessen Spitze glühte, zeichnete sie auf jede der sechs Seiten des Würfels eine 8, die in der Feuerschrift hinter dem Spiegel verschwand. Danach stieg sie mit dem Würfel in die Lüfte.

o)))

In einer Kirche, die Ella aus ihrer Kindheit kannte sollte die letzte Station sein. Nun sollte alles enden. Die spätgotischen Gemäuer waren spiralförmig verdreht und teils hell ausgeleuchtet, teils dunkel wie in einer Höhle. Selbst die Fenster waren so gestaltet, dass sie Licht zugleich einließen und aussperrten.

Ella stieg mit Adrian in die Katakomben, tief hinab. Bald schon machte sich eine riesige Höhle auf, vergessen von der Zeit, ein Kultplatz aus der Vergangenheit, als es man noch an die Wahrheit der Hexe glaubte. Ella kannte das alles. Sie war schon lange auf dieser Welt. Vieles hatte sie vergessen, das meiste aber war ihr in Erinnerung.

Pater Mortis stand mit seiner schwarzen Kutte und der Kapuze tief ins Gesicht gezogen in einer Grotte und sang das Dies Irae. Ella bewegte sich auf ein Plateau zu, das aus der Mitte eines tiefen Kraters herausragte. Dort wollte sie Adrian zurücklassen, wie in einer Gruft, verschlossen und ungefährlich. Langsam tastete sie sich an den schmalen Felsabsprüngen entlang.

Auf dem Plateau angekommen legte Ella den Würfel ab.

„Nun müssen wir uns trennen,“ sagte sie.

„Niemals,“ fauchte Adrian und entstieg stärker denn je aus seinem Gefängnis empor. Ein Luftgeist. Aus dem Inneren des Würfels öffnete sich weit ein Portal, durch das die Unendlichkeit des Universums sichtbar wurde, dessen Galaxien alle in einem Blick beherbergt waren, völlig in sich verknotet und verdreht. Der Abgrund offenbarte den Horror und die Unausweichbarkeit der Existenz. Es würde alles absorbieren.

Nun erschien Adrian wieder als der junge Mann, den Ella einst so geliebt hatte. Er materialisierte sich. Dieses Bild. Diese Vorstellung.

„Komm mit mir," sagte Adrian, „wir haben es geschafft."

Ella blickte ihn lange an und etwas in ihr wünschte sich mit ihm zu gehen. Aber sie wusste, dass dies alles nur eine Illusion war. Ein Traum. Vielleicht wäre es schön, dachte sie. Vielleicht gäbe es einen Weg zurück, der all das Böse überlistet. Doch Ella hatte ihre Entscheidung schon lange getroffen.

„Ich kann nicht," sagte sie, „leb wohl."

Adrians Gesicht verzerrte sich und verschmolz mit dem Abgrund. Tentakel züngelten aus seinen Händen und stürzten sich auf sie, wollten Ella mit sich in die Tiefe der absoluten Nichtexistenz ziehen.

Doch Ella wurde durchlässig. Wie ein Hologramm blieb sie in der Luft stehen. Substanz und Gewicht. Die Tentakel griffen ins Leere, verfehlten jeden Halt und Adrian wurde vom tosenden Strudel der alleszerstörenden Zeit ins Nichts gezogen.

… solvet saeclum in favilla…

Der Gesang von Pater Mortis wurde nun lauter. Fanfaren ertönten.

… Lacrimosa dies illa, qua resurget ex favilla…

Das Portal, vor dem Ella ganz da und doch abwesend schwebte, began sich nun zu schließen. Der Sturm verebbte.

... dona eis requiem.

Pater Mortis verstummte.

Alles wurde schwarz.

o))

Ella erwachte in dem leeren Schwimmbad. Sie lag am Grund und blutete etwas am Kopf. Als sie aufstand bemerkte sie, dass sie in dem Schwimmbad stand, in das sie als Kind immer gegangen waren. Es war baufällig und schien schon lange nicht mehr in Betrieb zu sein. Auf einem Balkon stand ihr Vater und betrachtete sie mit leeren Augen. Hinter ihm stieg wieder der schwarze Luftgeist, aus dessen Schemen sie Adrian dieses Mal nicht mehr heraussehen konnte, sondern in dessen Unendlichkeit die schmerzverzerrten Blicke Tausender enthalten waren, millionenfach, unendlich.

„Wir sind Legion."

Der Luftgeist verschluckte ihren Vater und wurde von ihm verschluckt. Alles gehörte zusammen. Seine Geschichte und die von Adrian waren gleichermaßen in ihm aufgehoben. Enthalten.

Ella stieg eine Wendeltreppe hoch, um zum Luftgeist zu kommen. Je höher sie kam, desto unwirklicher wurde die Atmosphäre. Stickig, feucht und glitzernd. Blaue Sphären flogen umher, kleinere und größere, schneller und langsamer. Immer weiter stieg Ella empor, bis sie sich in einem Käfig befand, in dem auf einem Bett ein kleines Mädchen lag, eng in eine Decke gekuschelt und sie mit großen Augen anschaute.

Ella ging zu ihr, setzte sich auf das Bett und streichelte ihr über den lockigen Kopf.

„Ich hab solche Angst, Elli," sagte sie.

„Ich weiß, Liebes, ich weiß," sagte Ella.

„Schau," sagte das Mädchen.

Durch das engmaschige Gitter flog der Luftgeist, diesmal in der Gestalt einer Frau oder einer Göttin, wer wusste das schon.

„Mater Interminatum," sagte das Mädchen, „sie nimmt mich mit."

Ella gab dem Mädchen einen Kuss auf die Stirn. Sie hatte Tränen in den Augen. Das Mädchen legte ihren Kopf auf Ellas Bauch und lächelte sie an.

„Freust du dich?" fragte sie.

Ella wusste nicht, was sie sagen sollte. Mater Interminatum öffnete ihren Umhang und gab wie durch einen Vorhang den Blick in ein unendliches Schwarz frei, das allerdings nicht bedrohlich, sondern beruhigend war. Adrian stieg heraus. Er war der kleine Junge, den Ella von früher kannte. Adrian winkte das Mädchen zu sich.

„Komm, lass uns gehen," sagte er, „man wartet schon auf uns."

Das Mädchen umarmte Ella noch einmal ganz fest und ging zu ihm.

„Warte," sagte Ella, „wie heißt du?"

Das Mädchen lächelte und nahm Adrians Hand. Auch Adrian lächelte. Die beiden verschwanden in der Masse dieser Mutter, deren Schwere das ganze Universum in sich trug, aufhob. Ella fühlte in ihrem Bauch plötzlich auch diese Schwere. Sie nahm es auf, ganz langsam, bis der Luftgeist immer kleiner wurde und verschwunden war. Ella bekam Panik und stand auf. Aber ihre Füße konnten sie nicht tragen. Ihre Beine knickten ein und sie fiel.

o)

Der Tod ist eine Frau. Sie nimmt Ella unter ihrem Seidenumhang mit in die Unterwelt. Es riecht nach frischem Popcorn und Eiszapfen. Sie führt Ella zum Geist der Mutter. Die Mutter spricht von einem Reh. Sie spricht von einem Kind. Sie tanzt weiter. Das Stück ist in vollem Gang. Ella entschwebt. Sie nimmt nichts außer sich wahr. Sie ist ganz da. Sie trägt ihr Inneres nach Außen. Da kommt etwas an. Es kommt beim Publikum an. Es ist ihr Blick. Es sind ihre Gedanken. Ihre Trauer, ihre Lust. Tränen.

Die Szene wird zum Welttheater. Das Theater ist die Welt. Der Geist der Mutter schwebt ihr hinterher, entfernt sich wieder, umkreist sie. Ella aber tanzt für sich allein. Sie ist sie selbst. Der Geist der Mutter treibt ab, entflieht gen Schnürboden.

Ein König steht am hinteren Bühnenrand. Seine Krone hat an Leuchtkraft verloren. Vielleicht ist sie gar nicht aus Gold. Vielleicht sieht er jetzt, dass der Geist der Mutter, seiner Frau, in der Tochter inkarniert werden könnte.

Ob Ella das zulässt?

Vielleicht, denkt sich der König, wäre das gut. Vielleicht schlecht.

Doch Ella kann sich keine Gedanken mehr darüber machen. Sie ist längst abgegrenzt. Der Geist der Mutter hat sich im König festgesetzt. Dort verschwindet er in der Vergangenheit. Der Inzest bleibt die Phantasie des Vaters. Die Mutter wird mit dieser Vorstellung weggetrieben, setzt sich wie Schmieröl in den dunklen Gängen einer anderen Zeit ab, verschwindet.

Treibsand...

Doch der König ist stark. Er kehrt zurück. Größer als je zuvor. Das Publikum erschaudert, schreckt zurück und ist gebannt. Ella aber ist völlig autonom. Der König lauert ihr auf, will sie greifen und zermalmen, in sich aufnehmen, verschlingen, die eigene Tochter, sein Fleisch.

Die Zeit verschlingt ihre Kinder...

Aber Ella ist real. Der König ist ein Schatten. Der ist groß und übermächtig. Aber nur eine Projektion. Er schreit. Doch keiner scheint ihn zu hören. Er verschwindet. Drei Nächte lang braucht er, um zu merken, dass er längst tot ist, vielleicht sogar nie gelebt hat.

Hexensprüche donnern durch die Nacht...

Der Wald wächst über die Bühne hinaus. Das Meer wird zur Welt. Auf einer Insel im indischen Ozean oder auf dem Mond findet sich ein ganz kleiner König, kaum wahrnehmbar. Nur Ella kann ihn noch fühlen, ganz klein am Horizont, auf der hintersten Leinwand ihres Gedächtnisses. Da sitzt er und spielt im Sand.

Eine Frau läuft am Meeressaum entlang. Erkennt er seine Frau wieder? Wird er von den Toten erweckt? Kann er je sicher sein, dass es nicht wieder seine Tochter ist, die er begehrt, seine Mutter? Er muss sich entscheiden. Er wird es nie erfahren. In diesem Zwiespalt bleibt er zurück, vielleicht verrückt werdend, vielleicht im sicheren Hafen. Er muss daran glauben. Das ist sein Fegefeuer.

Nie geboren zu sein...

Gott aus der Maschine. Ella schwebt herab. Die Bühne gehört ihr. Sie ist die Hauptdarstellerin. Ihre Flügel sind pechschwarz und schimmern hinein in die Unendlichkeit des guten Bösen. Das Publikum soll sie verurteilen. Sie ist die Hexe. Neben ihr Levana. Nackt und bar jeder Schuld stehen sie da. Wer könnte sie verurteilen?

Adrian steigt aus einer stählernen Grube empor, die aus dem Erdmittelpunkt kommt. Magma. Erdkern. Metall. Er verwandelt sich, verschwindet. Ella und Levana verschmelzen. Adrian löst sich langsam auf, steigt empor. Er wird zu weißem Rauch, verflüchtigt sich, bis er nicht mehr da ist.

Levana setzt sich die Dornenkrone auf das Haupt. Ihre Augen sehen die Unendlichkeit. Nun kann ihr niemand mehr etwas anhaben. Sie bleibt das Beispiel. Der Spiegel saugt sie auf und wird schließlich schwarz. Sie kehrt zurück an den Anfang der Zeit. Durch die Bäume entschwebt sie. Dämonen an ihrer Seite. Die Schatten des imaginären Freunds. Adrian ist nun ein Schutzgeist. Aber er hat seine Bedeutung längst verloren. Sie muss ihn nicht mehr töten. Sie hat es längst getan. Es war keine Sünde, sondern eine Notwendigkeit. Sie musste ihren Bruder töten, um zu leben. Für sich und für ihn.

Eine Hexe werden...

Levana. Es war immer sie. Mutter des Todes. Sie war der Traum. Durch das Geisterhaus ihres Selbst ist sie geirrt. Der Minotaurus, der am Ende des Labyrinths stand, war Adrian, ein Vampir. Immer schon. Sie war die Göttin. Auch schon immer. Sie durchwanderte die Eiswüste, vermummt und frierend. Der graue Unimog hinter ihr. Mit

139

dem Schlitten konnte sie entkommen. Sie hätte es nicht gedacht. Aber nur mit einer Taschenlampe bewaffnet und einem Funkgerät hat sie es geschafft. Durch den Sturm. Durch den Bildschirm. Den Text. Schnee.

Aber sie war nicht tot. Nein, sie war die eigene heilige Mutter, die sie nicht verlassen konnte, die für sich da war. Irgendwo war sie, Levana, sie selbst und doch eine andere. Hinter der Katastrophe. Die letzte Konstante. Der letzte Anker. Die frische Leiche des Mannes. Es war Adrian. Sie hatte ihn getötet. Sie hatte ihren Bruder getötet. Erstochen. Mit einem Stich ins Herz. Sie hatte ihn auch begraben. Sie überlebte. Es gab kein Schokoladeneis mehr, der Film war zu Ende, das Popcorn leer. Der Projektor aber läuft. Endlich war sie die Hexe.

Abgang zwei Hexen.

Der Vorhang fällt, purpurrot, schwer und alt. Durch ihn hindurch kommt nichts. Es ist vorbei. Stille. Spannung. Eine kaum spürbare Pause.

Applaus!

Der Vorhang hebt sich. Das Publikum erhebt sich. Ella steht langsam auf. Sie geht an den Bühnenrand. Verbeugt sich. Hinten im Dunkeln an der Tür ist der Platzanweiser. Sie kennt ihn. Er hat eine schwarze Robe an. Aber er zwingt sie zu nichts. Ella weiß, dass sie nun frei ist. Er weiß es auch. Sie wird mit ihm gehen. Irgendwann. Das ist ihr und ihm bewusst. Sie wussten es schon immer:

am Ende steht und stand immer der Tod

o

Zeitfracht Medien GmbH
Ferdinand-Jühlke-Straße 7
99095 Erfurt, Deutschland
produktsicherheit@kolibri360.de